光文社文庫

文庫書下ろし／長編時代小説

碁石金
日暮左近事件帖

藤井邦夫

光 文 社

本書は、光文社文庫のために書下ろされました。

目次

江戸川橋
大塚
板橋宿へ
巣鴨
赤城明神
石切橋
松平越前守屋敷
神楽坂
江戸川
切支丹坂
御薬園
中山道
日光御成街道
小石川馬場
傳通院
小石川
神明宮
小石川御門
水戸徳川家
白山
駒込
春日町
水道橋
菊坂台町
千駄木
御弓町
駒込追分
神田川
本郷
水戸藩中屋敷
加賀前田家
根津権現
道灌山
湯島聖堂
霊雲寺
日暮里
湯島天神門前町
茅町
門前町
不忍池
石神井用水
神田明神
湯島天神
弁財天
妻恋坂
池之端仲町
根岸
谷中
明神下
下谷御成街道
下谷広小路
東叡山寛永寺
外神田
御徒町
入谷鬼子母神
（真源院）
三味線堀
幡随院
浅草天王町
甚内橋
鳥越明神
下谷三之輪町
千住大橋
阿部川町
新吉原
新堀川
鳥越橋
旅籠町
日本堤
奥州街道
東本願寺
御米蔵
御蔵前
御蔵前通り
首尾の松
浅草広小路
浅草寺
小塚原
山谷町
御厩河岸之渡し
駒形町
新鳥越橋
雷門
山谷堀
浅草駒形堂
花川戸町
聖天町
竹町之渡し
吾妻橋
今戸橋
今戸町
白鬚之渡し
隅田川
竹屋之渡し
源兵衛橋
中之郷瓦町
水戸藩下屋敷
三囲稲荷
向島墨堤
北割下水
長命寺
木母寺
隅田村
源森川
小梅村
寺島村
法恩寺橋
横川
業平橋
七日市藩下屋敷
押上村

伝馬町
平川町
四谷御門
市谷
赤坂
麹町
赤坂御門
御納戸町
氷川明神
市谷御門
善國寺
若宮八幡宮
溜池
牛込御門
番町
千鳥ヶ淵
半蔵御門
田安御門
虎之御門
西之御丸
清水御門
新シ橋
外桜田御門
雉子橋御門
和田倉御門
江戸城
一橋御門
猿楽町
南町奉行所
幸橋
土橋
北町奉行所
御門
数寄屋橋
汐留橋
呉服橋御門
常盤橋御門
神田橋御門
鎌倉河岸
駿河台
銀座町
三十間堀川
竜閑橋
昌平橋
数寄屋町
鍛冶町
筋違御門
木挽町
京橋
一石橋
今川橋
柳森稲荷
室町
内神田
下谷練塀小路
西本願寺
弾正橋
日本橋
和泉橋
組屋敷
楓川
雲母橋
伊勢町
大伝馬町
小伝馬町
佐久間河岸
南八丁堀
八丁堀
江戸橋
亀井町
公事宿巴屋
八丁堀
組屋敷
西堀留川
柳原土手
鎧ノ渡し
日本橋川
馬喰町
小網町
元浜町
中之橋
亀島川
公事宿巴屋の寮
稲荷橋
緑橋
両国広小路
浅草御門
一ノ橋
汐見橋
千鳥橋
鉄砲洲
高橋
新川
南新堀町
行徳河岸
米沢町
浅草橋
佃島
霊巌島
箱崎町
箱崎川
浜町堀
二ノ橋
永久橋
薬研堀
柳橋
両国橋
石川島
永代橋
大川
熊井町
新大橋
一ツ目之橋
佐賀町
今川町
上之橋
万年橋
回向院
御竹蔵
大島町
海辺大工町
六間堀
油堀
高橋
本所
越中島
亥ノ口橋
富岡橋
海辺橋
二ツ目之橋
林町
蓬莱橋
仙台堀
小名木川
五間堀
南割下水
富岡八幡宮
亀久橋
霊巌寺
深川
竪川
吉岡橋
西
南
北
東
木場
土浦藩下屋敷
三ツ目之橋
崎川橋
新高橋
0
500m

主な登場人物

日暮左近　元は秩父忍びで、瀕死の重傷を負っているところを公事宿巴屋の主・彦兵衛に救われた。いまは巴屋の出入物吟味人。

彦兵衛　馬喰町にある公事宿巴屋の主。瀕死の重傷を負っていた左近を巴屋の出入物吟味人として雇い、巴屋に持ち込まれる公事の調べに当たってもらっている。

おりん　公事宿巴屋の主・彦兵衛の姪。浅草の油問屋に嫁にいったが夫が亡くなったので、叔父である彦兵衛の元に転がり込み、巴屋の奥を仕切るようになった。

房吉　巴屋の下代。彦兵衛の右腕。

清次　巴屋の下代。

お春　巴屋の婆や。

嘉平　柳森稲荷にある葦簀掛けの飲み屋の老亭主。元は、はぐれ忍び。今は抜け忍や忍び崩れの者に秘かに忍び仕事の周旋をしている。

十蔵　江戸のはぐれ忍び。

六郎　江戸のはぐれ忍び。

五郎八　江戸のはぐれ忍び。

善照　牛込水道町にある幸徳寺の住職。

幸念　牛込水道町にある幸徳寺の小坊主。

彦八　牛込水道町にある幸徳寺の寺男。

黒沢兵衛　目利きの旗本。

お由衣　黒沢家に身を寄せる遠縁の娘。

長野監物　三千石取りの旗本。

碁石金

日暮左近事件帖

第一章　鬼火

一

神田川《かんだがわ》の流れに月影が揺れた。

公事宿《くじやど》『巴屋《ともえ》』出入物吟味人《でいりものぎんみにん》の日暮左近《ひぐらしさこん》は、明神下《みようじんした》の通りから神田川に架かっている昌平橋《しようへい》を渡り始めた。

昌平橋の袂《たもと》の闇が揺れていた。

左近は、立ち止まって昌平橋の袂の闇を透《す》かし見た。

昌平橋の袂の闇では、羽織袴《はおりはかま》の武士が女に厳しく迫っていた。

「云え。何故《なにゆえ》、屋敷を窺《うかが》っていた……」

「知りませぬ、私は何も知りませぬ……」

女は十六、七歳の武家の娘、羽織袴の武士は中年……。
左近は読んだ。
「あそこだ。あそこにいる……」
四人の武士が、神田八《や》つ小路《こうじ》の闇から武家娘と中年武士に駆け寄って来た。
刹那《せつな》、武家娘は煌《きら》めきを瞬《また》かせて中年武士に体当たりをした。
刺した……。
左近は眉をひそめた。
中年武士は、短い呻《うめ》きを発して仰《の》け反《ぞ》り倒れた。
武家娘は、血に濡れた懐剣《かいけん》を手にして中年武士から離れ、逃げようとした。
微風が巻き、血の臭いが漂った。
左近は見守った。
武家娘は、左近が佇《たたず》んでいたのに気が付いて驚き、立ち竦《すく》んだ。
四人の武士の一人が倒れた中年武士に駆け寄り、残る三人が武家娘に追い縋《すが》った。
武家娘は、咄嗟《とっさ》に左近の背後に隠れた。
追い縋った三人の武士は、左近と武家娘を取り囲んで身構えた。

倒れた中年武士の生死を見定めた武士が、駆け寄って来た。

「何故、島村清一郎《しまむらせいいちろう》を殺した……」

武士は、武家娘に厳しく問い質《ただ》した。

左近は、背後にいる武家娘を見た。

「島村清一郎は、仇《かたき》の片割れ。恨みを晴らした迄《まで》……」

武家娘は、左近の背後で声を震わせた。

「おのれ……」

四人の武士は、刀を抜き払って左近に鋒《きつさき》を向けた。

「俺は通りすがりの者、此《こ》の娘と拘《かか》わりはない」

左近は、背後の武家娘を一瞥《いちべつ》した。

「黙れ……」

武士の一人が、猛然と左近に斬り掛かった。

左近は、僅《わず》かに腰を沈めて無明刀《むみようとう》を横薙《な》ぎに放った。

閃光が走った。

斬り掛かった武士は、腹を横薙ぎに斬られて倒れた。

「お、おのれ……」

残る三人の武士は怯《ひる》んだ。

「降り掛かる火の粉を払った迄……」

左近は、無明刀を一振りした。

無明刀の鋒から血が飛んだ。

左近は、無明刀を鞘《さや》に納めた。

「通してもらおう……」

左近は、神田八つ小路に進んだ。

「ならぬ……」

三人の武士は、一斉に左近に斬り掛かった。

左近は、地を蹴って夜空に跳んだ。

三人の武士は、思わず夜空を見上げた。

左近は、無明刀を閃かせて着地した。

三人の武士は倒れた。

左近は、無明刀を鞘に納めて立ち竦んでいる武家娘を窺った。

武家娘は、呆然《ぼうぜん》とした面持《おもも》ちで左近を見詰めていた。

「お、お助け戴《いただ》きまして忝《かたじけの》うございました」

武家娘は、我に返って声を引き攣《つ》らせた。

「理不尽な者共《ものども》を斬った迄。そなたを助ける為《ため》ではない……」

左近は冷ややかに告げ、神田八つ小路を須田町《すだちょう》の道筋の闇に消えた。

武家娘は、厳しい面持ちで見送り、足早に立ち去った。

暗い昌平橋の袂には、五人の武士の死体が残された。


日本橋馬喰町《にほんばしばくろちょう》の通りには、多くの人が行き交っていた。

左近は、公事宿『巴屋』に向かっていた。

公事宿『巴屋』の隣にある煙草屋《たばこ》の縁台には、婆《ばあ》やのお春《はる》、近くのお店《たな》の隠居、妾稼《めかけ》業の女、煙草屋の老亭主がお喋《しゃべ》りに花を咲かせていた。

左近は、お春たちに目礼して公事宿『巴屋』の暖簾《のれん》を潜った。

公事宿『巴屋』は、昼飯時も過ぎて静かだった。

左近は、土間の隅で足を拭《ぬぐ》った。

「あら、いらっしゃい……」

おりんが奥から出て来た。

「やあ……」

左近は、框《かまち》に上がった。

「お昼は……」

「結構だ。旦那は……」

「仕事部屋ですよ」

「うむ……」

左近は、公事宿『巴屋』主の彦兵衛《ひこべえ》の仕事部屋に向かった。


「旦那……」

襖《ふすま》の外から左近の声がした。

「ああ。どうぞ、お入りください」

彦兵衛は、公事訴訟の書類に目を通しながら告げた。

「邪魔をします」

左近が入り、隅に座った。

彦兵衛は、公事訴訟の書類を片付けて、左近に向き直った。

「昨夜遅く、昌平橋の神田八つ小路側で旗本《はたもと》長野《ながの》監物《けんもつ》さま御家中の五人の方々が何者かに殺されましてね……」

彦兵衛は、左近を見詰めて告げた。

「旗本長野監物家中の者共……」

左近は、斬り棄てた四人の武士の素性を知った。

「ええ。もっとも、四人が一太刀で斬られ、一人が突き刺されて殺されていたそうですが……」

彦兵衛は、左近に探る眼を向けた。

「そうですか。して、長野家家中の者共、何故に斬られたのですかね」

左近は尋ねた。

「さあて、その辺りは良く分からないのですが、主の長野監物さま、いろいろ噂のある方ですからね……」

彦兵衛は苦笑した。

「いろいろ噂のある方……」

「長野監物さま、三千石《ごく》取りで佐渡《さど》奉行や甲府勤番支配《こうふきんばんしはい》などのお役目に就いていた旗本でしてね……」

「佐渡奉行や甲府勤番支配……」

左近は眉をひそめた。

「ええ。金に拘わるお役目ばかりに就いていて、佐渡奉行の時は、江戸に送る金山の金を誤魔化し、甲府勤番支配の時は、武田信玄《たけだしんげん》の隠した碁石金《ごいしきん》を探した、との噂なんかがありまして……」

彦兵衛は眉をひそめた。

「金が好きなようですね」

左近は苦笑した。

「ええ……」

彦兵衛は、嘲《あざけ》りを浮かべて頷《うなず》いた。

どうやら、彦兵衛は長野家家中の者共の死を金に絡んでの事と睨《にら》んでいるようだ。

もし、そうだとしたなら、長野家家中の者共と揉めていた武家娘も金と拘わりがあるのかもしれない。

左近は読んだ。

「お茶をお持ちしました……」

おりんが茶を持って来た。

「おう。ま、それはさて置き……」

彦兵衛は、話題を変えた。

おりんが入って来て、左近と彦兵衛に茶を差し出した。

「戴きます」

左近は、茶を啜《すす》った。

「して、左近さん、巴屋の出入物吟味人としての仕事なんですが……」

「はい……」

「私の知り合いに、牛込水道町《うしごめすいどうちょう》は江戸川に架かる石切橋《いしきり》の傍にある幸徳寺《こうとくじ》の住職、善照《ぜんしょう》さまって方がいましてね」

「善照さまですか……」

「ええ。その善照さまが、幸徳寺の境内や墓地に夜な夜な鬼火《おにび》が現れ、妙な物音がするので、物の怪《もののけ》が現れたかと、寺男や小坊主と見廻りをしても何も現れず、見廻りをしない時に現れ、慌《あわ》てて駆け付けても何もいなかったりと、どうにも落ち着かなく、夜も眠れないと、ほとほと困り果てていましてね……」

「物の怪ですか……」

左近は苦笑した。

「物の怪だなんて、不気味な話ね……」

おりんは眉をひそめた。

「うん。そこで左近さん、出入物吟味人の仕事らしくはなくて申し訳ありませんが、ちょいと幸徳寺の物の怪を調べてみちゃあくれませんか……」

彦兵衛は頼んだ。

「分かりました。幸徳寺の物の怪、調べてみましょう」

左近は引き受けた。

「ありがたい。宜《よろ》しくお願いします」

彦兵衛は、左近に頭を下げた。

「でも、物の怪なんか、この世に本当にいるのかしら……」

おりんは首を捻《ひね》った。

「ま、ほとんどは人の怨念に拘わるものだが、世の中には人知《じんち》の及ばぬ事もある……」

左近は苦笑した。

牛込幸徳寺は、神田八つ小路から神田川に架かっている昌平橋を渡り、神田川沿いの道を牛込に向かい、途中で合流する江戸川沿いの道に曲がり、そのまま流れを遡《さかのぼ》れば良い。

左近は、公事宿『巴屋』を出て神田川沿いの柳原《やなぎわら》通りに向かった。

神田八つ小路は賑《にぎ》わっていた。

左近は、神田川に架かっている昌平橋に進んだ。

昌平橋の袂の昨夜の斬り合いの痕《あと》は既に消し去られており、多くの人が何も知らずに行き交っていた。

左近は、昌平橋を渡りながら辺りを窺った。

数人の羽織袴の武士が佇み、昌平橋を行き交う人々を見守っていた。

旗本長野家家中の者共……。

左近は睨んだ。

長野監物は、家来を斬った者が昌平橋を行き交う者と睨み、不審な者を見付けだそうとしている。

左近は読み、それとなく長野家の家来を刺し殺した十六、七歳の武家の娘を捜した。だが、それらしい武家の娘はいなかった。

左近は、昌平橋を渡って神田川沿いの道を小石川《こいしかわ》御門に向かった。

神田川には、猪牙舟《ちょきぶね》が流れを切り裂いて進んでいた。

左近は、湯島《ゆしま》聖堂、水道橋、そして水戸《みと》藩江戸上屋敷の前を通り、江戸川に架かっている立慶《りゅうけい》橋に出た。そして、立慶橋を渡り、江戸川沿いの道を小日向《こひなた》に進んだ。

江戸川は緩《ゆる》やかに流れていた。

左近は、江戸川に架かっている石切橋の袂に佇み、牛込水道町の幸徳寺本堂の大屋根を眺めた。

夜な夜な物の怪が出没する幸徳寺……。

左近は、幸徳寺の山門から裏手の墓地迄を囲む古い土塀《どべい》伝いに周囲を歩いた。

幸徳寺の周囲に不審なところはない……。

左近は見定め、幸徳寺の山門を潜った。

幸徳寺を訪れた左近は、十三、四歳の小坊主の幸念《こうねん》に誘《いざな》われて住職善照のいる方丈《ほうじょう》に進んだ。

「やあ。住職の善照です。日暮左近さんですな……」

痩《や》せた初老の住職は名乗り、左近に親し気に笑い掛けた。

「はい……」

左近は、苦笑しながら頷いた。

彦兵衛は、左近が物の怪の探索を引き受けるかどうか決める前に、善照に探索に来ると云っていたようだ。

「良くお出で下さった。彦兵衛さんから話は聞いていますな」

善照は、微《かす》かな安堵《あんど》を過《よ》ぎらせた。

「はい。ざっとですが……」

左近は頷いた。

「どうぞ……」

小坊主の幸念が茶を運び、左近と善照に差し出した。

「忝《かたじけな》い……」

左近は茶を飲んだ。

「では、左近さん、訊《き》きたい事があればなんなりと……」

善照は、茶を啜りながら笑い掛けた。

「物の怪らしいものが現れるのは、いつ頃ですか……」

左近は尋ねた。

「子《ね》の刻九つ（午前零時）を過ぎた頃からですか……」

善照は、長く伸びた白髪《しらが》眉をひそめた。

小坊主の幸念が、傍《かたわ》らで頷いた。

「ならば、現れる場所は……」

「一月前迄は境内や本堂の裏でして、今月からは裏の墓地に……」

「して、現れた後、何か変わったところは……」

「取り立ててないと思うが……」

善照は、小坊主の幸念を一瞥《いちべつ》した。

「はい。ございません」

幸念は頷いた。

「そうですか。分かりました。ならば、今夜から探索を始めてみましょう」

左近は頷いた。

「忝い。宜《よろ》しく頼みます」

善照は、笑みを浮かべて頭を下げた。

「はい……」

左近は頷いた。

左近は、住職善照に逢った後、小坊主の幸念に誘われて庫裏《くり》に行き、寺男の彦《ひこ》八《はち》に引き合わされた。

「寺男の彦八です。宜しくお願いします。左近さま……」

中年の寺男の彦八は、安堵を滲《にじ》ませた。

「して、彦八さん、物の怪が現れるようになってからも、此の幸徳寺に変わった事はないと聞いたが……」

左近は尋ねた。

「はい。寺に取り立てて変わった事はありませんが、寺の周囲に浪人や派手な半《はん》纏《てん》を着た博奕打《ばくち》ちのような者を見掛ける事が多くなったかと……」

彦八は首を捻った。

「浪人や博奕打ちのような者……」

左近は眉をひそめた。

「はい。寺の周囲をうろつき、何となく寺の様子を窺っているような……」

「そうですか……」

左近は頷いた。

「左近さま、そいつら、物の怪に拘わりがあるのですか……」

幸念は、戸惑いを浮かべた。

「さあて、そいつは此れからだが、幸念さんは物の怪をどう思っているのかな……」

左近は訊いた。

「此の世は森羅万象《しんらばんしょう》。物の怪がいても不思議はありません」

幸念は、少年らしく眼を輝かせた。

「そうか……」

左近は、笑みを浮かべて頷いた。

幸徳寺本堂の屋根からは、東に武家屋敷街と流れる江戸川。北には町家《まちや》と寺の連《つら》なりや護国寺《ごこくじ》、西には緑の田畑。南に大名屋敷や公儀番方《こうぎばんかた》の屋敷が眺められた。

左近は、本堂の屋根に上がって幸徳寺の周辺を見廻した。

幸徳寺は古い土塀と路地に囲まれ、東側に山門があり、北側に流れる江戸川沿いに墓地があった。そして、物売りの声が長閑《のどか》に響いていた。

夕暮れは近い。

今夜、物の怪は現れるか……。

左近は、本堂の屋根から降りた。


物の怪が現れたのは、境内にある鐘楼《しょうろう》、本堂の裏、庫裏の隣の作事《さくじ》小屋……。

左近は、物の怪が現れたと云われる場所を検《あらた》めた。

物の怪が現れた場所には、現れた形跡らしきものも、辺りを掘り返した痕跡などもなかった。

左近は、境内から裏手の墓地に向かった。


幸徳寺の裏の墓地は広かった。

左近が入口に現れ、広い墓地を眺めた。

入口の傍には、屋根付きの井戸や手桶《ておけ》置場、道具小屋などがあった。そして、整然と並ぶ墓標の奥には、観音像が彫られた大きな岩や六地蔵などがあった。

寺男の彦八と小坊主の幸念によれば、蒼白《あおじろ》い鬼火や奇妙な物音は、近頃は広い墓地に現れていた。

左近は、墓標の間を歩き、物の怪の痕跡を探した。だが、物の怪の痕跡らしきものは墓地にもなかった。

よし。後は子の刻九つ（午前零時）だ……。

左近は、厳しい面持ちで墓地を見廻した。


子の刻九つ。

幸徳寺は、夜の闇と静寂の中に沈んでいた。

小坊主の幸念と寺男の彦八は、庫裏で固唾《かたず》を呑んでいた。

不意に、鳥の甲高《かんだか》い鳴き声が女の悲鳴のように夜空に響いた。

小坊主の幸念は、思わず眼を閉じ、身を固く縮めた。

物の怪は現れるか……。

左近は、本堂の屋根から幸徳寺の境内や墓地を窺った。

墓地の闇が微かに揺れた。

物の怪か……。

左近は、微かに揺れた闇を見据えた。
闇に蒼白い炎が現れ、揺れた。
鬼火か……。
左近は、墓地の闇に浮かんだ鬼火を見詰めた。
蒼白い鬼火は揺れて漂い、二つになった。
左近は、鬼火の周囲を窺った。
鬼火の周囲には、闇に紛《まぎ》れて操る人影は窺えなかった。
二つの蒼白い鬼火は、並ぶ墓標の間を揺れながら漂った。
よし……。
左近は、本堂の屋根から大きく跳んだ。

二

二つの蒼白い鬼火は、幸徳寺の墓地の墓標の間を揺れながら漂った。
左近が墓地の入口に現れ、墓標の間を漂う二つの蒼白い鬼火を窺った。
蒼白い鬼火の周りには、闇に紛れて操る人影はなかった。

ならば、吊っているのか……。
左近は見守った。
蒼白い鬼火は、墓地の隅にある六地蔵の周囲に漂い始めた。
六地蔵に何かあるのか……。
左近は読んだ。
六地蔵の陰の闇が微《かす》かに揺れた。
左近は気が付き、微かに揺れた闇を見詰めた。
刹那、鋭い殺気が左近を背後から襲った。
左近は、咄嗟に身を投げ出して躱《かわ》し、背後を窺った。
気付かれた……。
背後には暗い闇が広がり、殺気を放った者はいなかった。
鳥の鳴き声が甲高く響き渡った。
眼晦《めくら》まし……。
左近は気付き、六地蔵を振り返った。
二つの蒼白い鬼火は、漂っていた六地蔵の周囲から既に消えていた。
墓地は、夜の闇と静けさに沈んだ。

今夜は此《こ》れ迄《まで》だ……。

左近は苦笑した。

庫裏の囲炉裏《いろり》で粗朶《そだ》は燃え、炎を躍らせた。

左近は、囲炉裏端に座って彦八の出してくれた茶を飲んだ。

「で、左近さま、物の怪は出ましたか……」

彦八は尋ね、幸念は身を乗り出して左近の言葉を待った。

「うむ。物の怪かどうかははっきりしないが、蒼白い鬼火が二つ現れ、六地蔵の周囲を揺れて漂っていた」

「蒼白い鬼火が二つ。六地蔵の周囲に……」

彦八は眉をひそめた。

「うむ……」

「それで、物の怪は……」

幸念は急《せ》いた。

「殺気を浴びせて来たが、姿は見せなかった」

左近は苦笑した。

「殺気を……」

幸念は、緊張を浮かべた。

「うむ……」

「で、姿を見せなかった……」

幸念は、戸惑いを浮かべた。

「うむ。だが、物の怪らしきものがいるのに間違いはあるまい」

左近は、茶を啜った。

「やっぱり……」

幸念は、嬉しそうに頷いた。

「何を喜んでいるのですか、幸念……」

住職の善照が入って来た。

「此れは、和尚《おしょう》さま……」

幸念と彦八は、居住まいを正した。

「ご苦労でしたね、左近さん……」

善照は、囲炉裏端に座って左近を労《ねぎら》った。

「いいえ。墓地に蒼白い鬼火が浮かび、六地蔵の周囲を漂い、得体《えたい》の知れぬものが私に殺気を浴びせて消えました」

　左近は報《しら》せた。

「そうですか。やはり、物の怪はいそうですか……」

　善照は眉をひそめた。

「はい。ところで善照さま、此の幸徳寺、かなり古いようですが、いつ頃からあるのですか……」

　左近は尋ねた。

「私も詳しくは知らないのですが、百年以上前からあると聞いています」

　善照は、彦八の差し出した茶を啜った。

「百年以上前ですか……」

「はい。元々は観音像の彫られた大岩があり、その傍に赤子《あかご》や幼子の遺体を埋葬していた墓地でしたが、旅の老僧が小さな寺を建てて供養をしたのが幸徳寺の始まりだと……」

　善照は、茶を啜りながら告げた。

「その旅の老僧と云うのは、どのような……」

「さあ。慈悲深い方だと聞いてはいますが、詳しい事は……」

善照は、首を捻った。

「分かりませんか……」

「はい。左近さん、それが何か物の怪と拘わりがあるのですかな」

「おそらく……」

左近は、笑みを浮かべて頷いた。

「そうですか……」

善照は頷いた。

「何《いず》れにしろ、物の怪が潜んでいるのは分かりました。明日からいろいろ調べてみます」

左近は、楽しそうな笑みを浮かべた。

その後、物の怪は現れず、幸徳寺は静かな夜明けを迎えた。

幸徳寺の本堂からは、住職善照の読む経が朗々と響いていた。

寺男の彦八は、境内の掃除をして掃き集めた落葉などを燃やしていた。

左近は、本堂の屋根に上がって周囲を窺った。

江戸川沿いの道には人が行き交い、町家地は人の声が溢《あふ》れ、緑の田畑には働く百姓の姿が見えた。

幸徳寺の周囲に変わった様子はない……。

左近は見定め、屋根を降りて墓地に向かった。

墓地には既に墓参りの者が訪れ、線香の紫煙と香りが漂っていた。

左近は、墓地に異変がないのを見定め、並ぶ墓標の間を奥に進んだ。そして、鬼火が漂った観音像の彫られた大岩と六地蔵、その周囲を検《あらた》めた。

左近は、大小六体の地蔵の並ぶ六地蔵に変わりはないようだが、台座《だいざ》の苔《こけ》の一部が剝《は》がれているのに気が付いた。

左近は、苔の剝がれている処《ところ》を検めた。

苔は一寸程の幅で剝がれ、台座の下に何かを差し込んだ痕跡が残されていた。

物の怪は、六地蔵の苔生《こけむ》した台座の下に一寸程の幅の物を差し込んで何かを探した……。

だが、左近が現れたのに気が付き、咄嗟に殺気を放って牽制《けんせい》し、姿を消した。

剝がれた苔や穴を元に戻して痕跡を隠す間もなく……。

左近は読み、刃曲《はまがり》を取り出した。

〝刃曲〟とは、鋼製の四枚の薄板を蝶番《ちょうつがい》で繋《つな》ぎ、先は片刃で峰は鋸《のこぎり》になっていて、掛け金や猿《さる》などを壊したり開けたりする、四つに折り畳める忍び道具だ。刃曲は一枚の長さが約六寸であり、四枚を一本に伸ばせば約二尺四寸の長さになる。

左近は、刃曲を一本に伸ばし、苔の剝がれた台座の下の幅の薄い穴に差し込んだ。

刃曲は、何の抵抗もなく穴に沈んだ。そして、刃曲が穴の二尺程の深さに入った処で止まった。

物の怪が何かを途中迄差し込んだ時、俺が忍んでいるのに気が付き、背後から殺気を放った。

左近は、六地蔵から己の忍んでいた墓地の入口を眺めた。

かなりの距離がある……。

物の怪は巨大なものか、それとも一匹ではないのかもしれない。

左近は睨み、刃曲の鋒《きっさき》を穴に尚《なお》も押し込んで何度か突き刺し、静かに抜いた。

刃曲の鋒は泥に汚れていた。

左近は、刃曲の泥に汚れた鋒を見詰め、懐紙で拭った。

懐紙には、泥が附着《ふちやく》した。

左近は、刃曲を畳み、懐紙の泥を指先で伸ばした。

伸びた泥には、僅かな木屑《きくず》が混じっていた。

「木の屑……」

六地蔵の下には、木箱か樽《たる》が埋められ、朽ち果てているのかもしれない。

左近は読んだ。


「お出掛けですか……」

寺男の彦八は、庫裏を出た左近に隣の作事小屋から声を掛けて来た。

「ええ。ちょいと出掛けて来ます」

左近は頷いた。

「は、はい……」

彦八は、不安そうに頷いた。

「物の怪が現れる頃迄には帰りますよ」

左近は苦笑し、境内を抜けて幸徳寺の山門を後にした。

左近は、江戸川に架かっている石切橋の袂に佇み、幸徳寺を振り返った。
物の怪はどう出るのか……。
左近は、江戸川沿いの道を神田川に向かった。

江戸川の流れは煌めいた。
左近は、江戸川の流れと旗本屋敷の間の道を進んだ。
狙い通りだ……。
左近は、己を見詰める何者かの視線を感じていた。
見詰める視線は、幸徳寺を出た時から始まった。
視線は物の怪のものか……。
もし、そうならどう出るか見定める……。
左近は進み、行く手にある小日向の馬場に入った。
旗本屋敷に囲まれた馬場は、小鳥の囀《さえず》りに満ちていた。
左近は、馬場を進んで中程に立ち止まった。
刹那、背後に殺気が迫った。

左近は、振り向きながら無明刀を横薙ぎに放った。

小鳥の囀りが消えた。

刀を上段から斬り下ろそうとした髭面《ひげづら》の浪人が、腹を横薙ぎに斬られて愕然《がくぜん》とした面持ちで仰け反った。

左近は、微かな戸惑いを覚えた。

三人の浪人が現れ、抜き身を翳《かざ》して左近に殺到した。

左近は、殺到する三人の浪人に向かった。

三人の浪人は、左近に斬り掛かった。

左近は、無明刀を閃かせた。

浪人の一人が、額を真っ向から斬り下げられて倒れた。

左近は、無明刀を残る二人の浪人に突き付けた。

残る二人の浪人は怯み、凍《い》て付いた。

「誰に頼まれての所業だ……」

左近は、二人の浪人を厳しく見据えた。

「だ、黙れ……」

二人の内の痩せた浪人が、左近に猛然と斬り付けた。

左近は斬り結んだ。
残る小太りの浪人は、転がるように慌てて馬場の出入口に走った。
左近は、斬り結ぶ痩せた浪人を蹴り飛ばした。
痩せた浪人は、顔を鋭く蹴られて鼻血を飛ばし、気を失って倒れた。
左近は、馬場の出入口に走りながら無明刀を一振りした。
鋒から血が飛んだ。
左近は、無明刀を鞘に納め、馬場から走り出た。
小鳥の囀りが戻った。

小太りの浪人は、江戸川沿いの道を神田川に向かっていた。
狙い通りだ……。
左近は、浪人たちが簡単に吐くとは思えず、一人だけ泳がした。
小太りの浪人の行き先を突き止め、背後に潜む者を見定める……。
左近は、振り向きもせずに先を急ぐ小太りの浪人を尾行《つけ》た。
小太りの浪人は、江戸川に架かっている立慶橋を渡り始めた。
次の瞬間、煌めきが小太りの浪人の胸元に吸い込まれた。

しまった……。

左近は悔やんだ。

小太りの浪人は、立慶橋の上で棒立ちになり、ゆっくりと江戸川に転落した。

水飛沫《しぶき》が煌めいた。

何者かが、小太りの浪人が左近に泳がされていると気が付き、先手を打って手《しゅ》裏剣《りけん》で始末し、口を封じたのだ。

行き交う人が立慶橋に駆け寄り、神田川に向かって流れる小太りの浪人の遺体を見て恐ろしそうに囁《ささや》き合った。

左近は気付いた。

小太りの浪人を始末したのは、幸徳寺から見詰めていた視線の持ち主……。

左近は、視線の主が四人の浪人に自分を襲わせたと睨んだ。

小太りの浪人の死体は、神田川に流れ去った。

左近は、それとなく辺りを窺った。

殺気は勿論《もちろん》、見詰める視線も感じなかった。

逃げ去ったか……。

左近は見定め、立慶橋を渡って水戸藩江戸上屋敷に向かった。

柳原通りは、神田川の流れに沿って神田八つ小路と両国広小路《りようごく》を結んでいた。

左近は、神田川に架かっている昌平橋を渡り、柳原通りに進んだ。

柳原通りには柳森稲荷《やなぎもりいなり》があった。

左近は、尾行者や見張りがいないのを見定めて柳森稲荷に入った。


柳森稲荷には参拝客が訪れ、鳥居前の空き地には古着屋、古道具屋、七味唐辛子売りの露店が並び、客が行き交っていた。

左近は、鳥居と露店の間を奥に進んだ。

奥には、葦簀《よしず》掛けの屋台の飲み屋があった。


左近は、飲み屋の葦簀を潜った。

「おう。いらっしゃい」

飲み屋の主の嘉平《かへい》が迎えた。

「邪魔をする」

左近は、飯台《はんだい》越しに嘉平の前に立った。

嘉平は、湯呑茶碗に酒を満たして左近に差し出した。

「奢《おご》りだ……」

「忝《かたじけな》い……」

左近は、湯呑茶碗の酒を飲んだ。

「して、何だい……」

嘉平は、左近に訪れた理由を訊いた。

「牛込水道町の幸徳寺という寺を知っているか……」

左近は尋ねた。

「幸徳寺、何処《どこ》かで聞いた覚えのある名前だな……」

嘉平は笑った。

「そうか……」

「で、その幸徳寺がどうかしたのか……」

「夜な夜な物の怪が出る……」

左近は、嘉平を見据えて告げた。

「物の怪だと……」

嘉平は驚いた。

驚きに嘘はない……。

江戸のはぐれ忍びを束ねる嘉平でも、幸徳寺の物の怪については知らないようだ。

左近は見定めた。

「うむ。蒼白い鬼火を飛ばし、殺気を放ち、何かを探している物の怪だ……」

左近は苦笑した。

「何かを探す物の怪か……」

「ああ。心当たりはあるか……」

「ない。だが……」

嘉平は、笑みを浮かべた。

「うむ。調べてくれるか……」

「お安い御用だ。出入りしているはぐれ忍びに訊いてみる……」

「頼む。それから、牛込界隈《かいわい》に埋蔵金《まいぞうきん》か盗賊の隠し金、お宝が埋められているという噂はないか……」

左近は訊いた。

「埋蔵金かお宝の噂か……」

嘉平は眉をひそめた。

「うむ……」

「聞いた事はないな……」

嘉平は、首を捻った。

「そうか……」

「うん。ま、何《いず》れにしろ牛込水道町の幸徳寺に埋蔵金を探す物の怪が現れたか……」

嘉平は冷笑した。

「ああ……」

左近は、不敵な笑みを浮かべた。


左近は、嘉平の葦簀掛けの店を出て柳森稲荷と空き地の露店を眺めた。

参拝客と冷やかし客が行き交っていた。

不審な者はいない……。

左近は見定め、空き地を抜けて柳原通りに出た。

左近は、柳原通りを神田八つ小路に向かった。

尾行て来る者も見張る者もいない……。

左近は、周囲を窺って見定めた。

だが、油断はならない……。

左近は、神田八つ小路から昌平橋を渡って神田川沿いの道を水戸藩江戸上屋敷の方向に油断なく向かった。

見詰める視線は窺えない……。

左近は進んだ。


江戸川の両岸には旗本屋敷が連なり、町の騒音もなく流れの音が聞こえていた。

左近は、石切橋の袂にある幸徳寺に進んでいた。

今のところ、尾行る者も見張る者も現れない……。

おそらく、幸徳寺で戻るのを待っているのだ……。

左近は睨んだ。

行く手に石切橋が見えて来た。

左近は、冷笑を浮かべた。

旗本屋敷の屋根からは、幸徳寺の本堂や境内が眺められた。

左近は、幸徳寺の本堂や境内を窺った。

幸徳寺は、静けさに覆《おお》われていた。

左近は、幸徳寺に殺気を鋭く放った。

本堂の屋根に人影が現れた。

忍びの者……。

左近は、本堂の屋根に現れた人影を忍びの者と見定めた。

やはり……。

左近は、幸徳寺に現れる物の怪の正体は忍びの者だと読んだ。

そして、俺を尾行て浪人たちに襲わせ、泳がされた浪人を始末し、幸徳寺に戻った……。

左近は睨んだ。

本堂の屋根に現れた忍びの者は、殺気を放った者を辺りに捜した。

左近は、殺気を素早く消した。

忍びの者は、不意に消えた殺気に戸惑いながらも身構え、捜し続けた。

左近は笑った。

三

左近は、旗本屋敷の屋根から素早く降りて幸徳寺の山門を潜り、境内を横切って庫裏に入った。

庫裏の囲炉裏端では、公事宿『巴屋』の下代《げだい》の房吉《ふさきち》が寺男の彦八と茶を飲んでいた。

「やあ……」

左近は、房吉に笑い掛けた。

「旦那に物の怪の話を聞きましてね。現れたそうですね……」

房吉は、彦八から昨夜の事を聞いたのか、眉をひそめた。

「ええ……」

左近は苦笑した。

微風が吹き抜け、庭の木々の葉は揺れた。

左近は、庫裏近くに与えられた部屋に房吉を誘った。

「物の怪、どんな風でした……」

房吉は苦笑した。

「鬼火をお供に現れましてね……」

左近は、房吉が物の怪など信じていないのを知った。

「鬼火を。で、何しに……」

「そいつが、お宝を探しに現れているようでしてね……」

左近は告げた。

「お宝……」

房吉は眉をひそめた。

「ええ……」

「そいつは、随分と生臭い物の怪ですね」

房吉は笑った。

「ま、所詮は物の怪。そんなところですよ」

左近は嘲笑《ちようしよう》した。

「そうですか、生臭い物の怪ですか……」

「ええ……」

「で、何かやる事はありますか……」

「住職の善照さまの話では、幸徳寺は百年以上昔に出来た寺だそうですが、ちょいと詳しく調べて貰えませんか……」

「幸徳寺ですか……」

房吉は、左近を見詰めた。

「ええ。今の住職は善照さまです……」

左近は告げた。

「分かりました」

房吉は、笑みを浮かべて頷いた。

左近は、庫裏から境内に出て来て辺りを見廻した。

本堂などに不審なところは窺えなかったが、土塀沿いの植え込みの小枝が僅かに揺れた。

よし……。

左近は見定め、裏の墓地に向かった。

土塀沿いの植え込みが揺れた。

房吉が本堂から現れ、階《きざはし》を降りて腰に挟んだ草履《ぞうり》を履いて境内を駆け抜け、山門から出て行った。


墓地は線香の紫煙で満ちていた。

左近は、並ぶ墓標の間を奥に進んだ。

誰かが見ている……。

左近は、忍びの者の視線を感じた。

見張りの忍びだ……。

忍びの者が一人なら、房吉は気付かれずに幸徳寺から帰った筈《はず》だ。

左近は睨み、墓地の奥の観音像の彫られた大岩の前に立ち止まった。

大岩に彫られた観音像は、長い年月と風雨に晒《さら》されてその姿を薄くしていた。

左近は、観音像に手を合わせて大岩を調べ始めた。

観音像の彫られた大岩の下は苔生し、泥に埋まっていた。

左近は、観音像の足元、泥で汚れた大岩の下に何かが彫られている事に気付いた。
何が彫られているのか……。
左近は、しゃがみ込んで大岩の下、観音像の足元の泥を指先で拭った。
泥を拭われた観音像の足元には、『陸東参』と彫られていた。
陸東参……。
「陸《りく》、東《ひがし》、参《さん》。陸東参、陸東参《りくとうさん》……」
左近は呟《つぶや》いた。
観音像を彫った者の名前なのか……。
左近は、想いを巡らせた。
忍びの者の視線は続いた。
よし……。
左近は、大岩の下を泥で隠し、その場を離れた。
忍びの者はどう出るか……。
左近は、忍びの者の後ろを取る事にして墓地の出入口に向かった。
左近が去り、墓地は無人になった。

裁着袴《たつつけばかま》の武士が現れ、墓標の連なりを観音像の彫られた大岩に走った。

墓地の出入口傍の井戸端に左近が現れ、裁着袴の武士を窺った。

忍び……。

左近は見定めた。

裁着袴の武士は、左近が気付いた観音像の彫られた大岩の下にしゃがみ込んだ。

大岩に彫られた〝陸東参〟を見て裁着袴の武士はどうするか……。

左近は見守った。

裁着袴の武士は立ち上がり、奥の土塀《どべい》を跳び越えて墓地から出た。

左近は、井戸端から横手の土塀に走った。そして、土塀の屋根に跳び、墓地の外の路地を窺った。

裁着袴の武士が、土塀の外の路地を足早に去って行くのが見えた。

よし……。

左近は、土塀を跳び下りて裁着袴の武士を追った。

裁着袴の武士は、江戸川に架かっている石切橋を渡り、小日向水道町を音羽《おとわ》に向かった。

左近は、慎重に尾行《つけ》た。

裁着袴の武士は、江戸川橋を渡って音羽町に進んだ。

音羽町は、五代将軍綱吉《つなよし》の母桂昌院《けいしょういん》に仕えた奥女中の音羽が拝領した地であり、大通りを北へ九丁目から一丁目まであった。そして、一丁目の先に桂昌院が建立《こんりゅう》した神霊山《しんれいざん》護国寺がある。

裁着袴の武士は、音羽九丁目にある料理屋『江戸川《えどがわ》』の裏に続く板塀《いたべい》沿いの路地を進んだ。

左近は追った。

裁着袴の武士は、料理屋『江戸川』の板塀沿いの路地から裏通りに出た。

そこは料理屋『江戸川』の裏であり、旅籠《はたご》『音羽屋』の表だった。

裁着袴の武士は、旅籠『音羽屋』に入って行った。

左近は見届けた。

旅籠の音羽屋……。

左近は、裏通りの旅籠の『音羽屋』が表通りの料理屋『江戸川』と背中合わせにあるのに気が付いた。

音羽町は料理屋や岡場所《おかばしよ》もあり、神霊山護国寺の門前町でもあった。

左近は、旅籠『音羽屋』を調べる事にした。

旅籠『音羽屋』には、諸国から来た神霊山護国寺の参拝客が泊まっていた。だが、左近の見る限りでは、泊まり客は少ないように思えた。

左近は、旅籠『音羽屋』の斜向《はすむ》かいの蕎麦《そば》屋の暖簾を潜った。

「旅籠の音羽屋ですか……」

蕎麦屋の亭主は訊き返した。

「うん。護国寺参拝の客で賑わっているようでもないが……」

左近は、蕎麦を手繰《たぐ》った。

「ええ。音羽屋はあまり繁盛しちゃあいませんよ」

亭主は苦笑した。

「やはりな……」

左近は頷いた。

「ま、五年前、料理屋江戸川の吉右衛門《きちえもん》の旦那が、江戸川を居抜きで買う時、潰《つぶ》れ掛けていたのをついでに買った旅籠ですからね。あまり気を入れて営《いとな》んでい

ると は云えませんよ」

亭主は笑った。

「へえ。音羽屋はそんな旅籠なのか……」

左近は、戸惑いを覚えた。

「ええ……」

「じゃあ、旅籠の音羽屋の主は、料理屋江戸川の旦那の吉右衛門なのだな」

左近は知った。

「まあ、そうですが、吉右衛門の旦那、おまきって芸者上がりの年増《としま》の妾に音羽屋を任せていましてね。取り仕切っているのは、そのおまきさんですよ」

亭主は告げた。

「妾のおまきか……」

左近は、蕎麦屋の窓から斜向かいにある旅籠『音羽屋』を眺めた。

旅籠『音羽屋』に人の出入りはなかった。

「今も客はあまりいないようだな」

「ええ……」

亭主は頷いた。

「ところで料理屋江戸川の吉右衛門旦那ってのはどんな人なのかな」

「吉右衛門旦那は、そりゃあ恰幅《かっぷく》の良い落ち着いた方ですよ」

「商売も上手いのかな……」

「そりゃあ、遣《や》り手《て》だって専《もっぱ》らの噂でしてね。江戸川は繁盛していますよ。ま、だから音羽屋の客が少なくても構わないのかもしれませんよ」

亭主は読んだ。

「成《な》る程《ほど》……」

左近は頷いた。

何《いず》れにしろ、幸徳寺に物の怪騒ぎを起こしている裁着袴の忍びの者は、旅籠『音羽屋』に入ったのだ。

旅籠『音羽屋』と料理屋『江戸川』主の吉右衛門は、忍びと何らかの拘わりがある。

左近は睨んだ。

吉右衛門の顔を拝みたいものだ……。

だが、左近は料理屋『江戸川』に忍び込むのを思い止《とど》まった。

忍び込んだのが勘付《かんづ》かれれば、吉右衛門と忍びの者たちは動くのを止《や》め、姿を隠してしまう恐れがある。

左近は、それを恐れて料理屋『江戸川』に忍び込むのを止めた。

裁着袴の忍びの者は、幸徳寺の観音像の大岩の下の『陸、東、参』と彫られた三文字を読み解き、何らかの動きをする。

それが、今夜か明日なのか……。

左近は、料理屋『江戸川』と旅籠『音羽屋』を見張る事にした。

陽は西に大きく傾いた。

柳森稲荷前の葦簀掛けの飲み屋では、様々な生業《なりわい》の者が安酒を飲んでいた。

嘉平は、牛込界隈に埋蔵金やお宝の噂があるかどうか、客たちにそれとなく探りを入れていた。

「へえ。牛込の何処《どこ》かの寺には、盗賊の頭《かしら》の隠し金が埋められているって、昔からの言い伝えがあるのかい……」

嘉平は、面白そうに訊き返した。

「ああ。いつだったか、牛込の坂道の石垣積みの人足に雇われた時、土地の年寄りから聞いた覚えがあるぜ」

無精髭《ぶしょうひげ》の中年の人足は、湯呑茶碗の酒を啜りながら告げた。

「で、その盗賊の隠し金、どうなっているのかな……」

「さあ。どうせ只《ただ》の言い伝え、誰も信じちゃあいねえし、探したって話も聞かねえな……」

「どうせ只の言い伝えか……」

中年の人足は苦笑し、湯呑茶碗の酒を飲んだ。

「ああ……」

中年の人足は、湯呑茶碗が空になり、淋しさを過《よ》ぎらせた。

「おう。もう一杯、飲むか……」

嘉平は笑い掛けた。

「えっ。でも、今日は仕事に溢《あぶ》れたんで、もう小銭がねえ……」

中年の人足は、空になった湯呑茶碗を淋し気に見た。

「心配するな。奢《おご》りだぜ……」

嘉平は笑った。

「奢り。親父さんの奢りですかい……」

中年の人足は喜んだ。

「ああ。俺の奢りだ」

嘉平は、中年の人足の空になった湯呑茶碗に溢《あふ》れんばかりに酒を満たしてやった。

「ありがてえ……」

中年の人足は、嬉し気に舌嘗《な》めずりをし、酒の満ちた湯呑茶碗に口を寄せた。

「で、盗賊の頭の隠し金だが、言い伝えじゃあ、牛込はどの辺りの寺なのかな……」

嘉平は訊いた。

「どの辺りの寺って、石垣積みの坂は軽子《かるこ》坂だったか、服部《はっとり》坂、いや大日《だいにち》坂だったか……」

中年の人足は、首を捻りながら酒を啜った。

「服部坂か大日坂……」

嘉平は、牛込水道町一帯の切絵図《きりえず》を思い浮かべた。

服部坂と大日坂は、江戸川を挟んだ小日向水道町近くにある。そして、小日向水道町は牛込水道町の隣だ。

中年の人足の云っている言い伝えのある寺は、左近が調べている物の怪の現れる牛込水道町の幸徳寺なのかもしれない。

嘉平は読んだ。

「ですが親父さん、所詮、言い伝えは言い伝え。本当にあるのかどうか……」

「そりゃあそうだな……」

「ええ。それに万が一あったとしても、とっくに誰かが掘り出し、言い伝えだけが残っているって事もありますからね」

中年の人足は、酒を啜りながら笑った。

「そうか、とっくに掘り出され、言い伝えだけが残っているかもしれないか……」

嘉平は苦笑した。

葦簀の向こうに夕陽が沈み始めた。

夜の闇が音羽町を覆い、料理屋『江戸川』からは三味線《しゃみせん》や太鼓の音が洩《も》れた。

左近は、蕎麦屋の屋根に潜んで斜向《はすむ》かいの旅籠『音羽屋』を窺った。

旅籠『音羽屋』は既に軒行燈《のきあんどん》を消し、大戸を閉めていた。

刻《とき》は過ぎた。

左近は見張った。

旅籠『音羽屋』の潜り戸が開き、裁着袴の武士が出て来た。

裁着袴の武士は、辺りに不審のないのを見定め、旅籠『音羽屋』の店内に合図をした。

四人の裁着袴の男が出て来た。

五人……。

左近は、人数を数えた。

裁着袴の五人の武士は、江戸川に向かって夜の闇を進み始めた。

忍び……。

左近は、夜の闇を行く裁着袴の五人の武士を、身の熟《こな》しと足取りから忍びの心得のある者と見定めた。

奴らの行き先は幸徳寺……。

左近は読んだ。

よし……。

左近は、連なる家々の屋根を走り出した。

「物の怪が……」

住職の善照は白髪眉をひそめ、小坊主の幸念と寺男の彦八は緊張した。

「ええ。此れから墓地に現れます。何があっても寺を出て見に行ったりしてはなりません。良いですね」

左近は、先廻りをして幸徳寺に戻り、善照、幸念、彦八に云い聞かせた。

「うむ。心得た……」

善照は頷いた。

「左近さん、寺から覗《のぞ》くのはどうですか……」

幸念は、興味津々《しんしん》で身を乗り出した。

「さあて、相手は物の怪、見られているのに気が付くと、殺しに来るかもしれぬ……」

左近は、善照、幸念、彦八が巻き込まれて命を落とすのを恐れ、脅した。

「幸念、物の怪を見世物《みせもの》扱いすれば、祟《たた》りがあるかもしれぬぞ……」

善照は、幸念を厳しく窘《たしな》めた。

「は、はい……」

幸念は項垂《うなだ》れた。

「では、善照さま、幸念、彦八さん、くれぐれも気を付けて下さい」

左近は告げた。

「左近さんも……」

善照は頷いた。

「はい……」

左近は、不敵な笑みを浮かべた。


夜は更《ふ》けた。

左近は、幸徳寺の本堂の屋根に潜んで裏の墓地を窺っていた。

墓地は暗く、木々の梢《こずえ》が風に鳴っていた。

蒼白い鬼火が浮かんだ。

現れた……。

左近は、蒼白い鬼火を見守った。

夜の闇と静けさに変わりはなかった。

蒼白い鬼火は、揺れながら二つになった。

夜の闇と静けさは続き、やはり変わりがなかった。

二つの蒼白い鬼火は、変わりがないのを見定めたかのように墓標の連なりを揺れながら進んだ。

二つの蒼白い鬼火は、観音像の彫られた大岩に向かっていた。


大岩は二つの蒼白い鬼火に照らされ、彫られた観音像を浮かべた。

忍びの者が現れ、大岩に彫られた観音像の足元にしゃがみ込んだ。そして、彫られている『陸、東、参』の文字を検め、大苦無《おおくない》でその下を掘り始めた。


忍びの者は五人で来た筈だ……。

だが、穴を掘っている忍びは一人。残る四人の忍びはどうした。

左近は、本堂の屋根に忍んで墓地の暗がりを透《す》かし見た。

だが、墓地では、忍びの者が一人、観音像の彫られた大岩の下を掘り続けているだけだった。

現れたか……。

左近は、いつの間にか微かな殺気に包囲されているのに気が付いた。

狙い通りだ……。
左近は、苦笑しながら立ち上がった。
刹那、四方から手裏剣が飛来した。
左近は、屋根を蹴って夜空に跳んだ。
四つの手裏剣は左近のいた処《ところ》で交錯《こうさく》し、金属音を鳴らして弾け飛んだ。
左近は、屋根の棟《むね》に跳び下り、弾け飛んだ手裏剣を拾った。
手裏剣は、十字手裏剣だった。
十字手裏剣は、主に伊賀《いが》や甲賀《こうが》の忍びが使うと云われている。
四人の忍びの者が、屋根の棟に立つ左近の四方に現れた。
「物の怪の正体は、やはりお宝狙いの忍び崩れのこそ泥か……」
左近は冷笑した。

四

「おのれ……」
四人の忍びの者は、忍び刀を抜いて一斉に左近に襲い掛かった。

左近は、忍び刀を翳《かざ》して屋根を駆け上がって来る忍びの者に抜き打ちの一刀を浴びせた。

無明刀は鈍色《にびいろ》の輝きを放ち、忍びの者の頭を鉢鉄《はちがね》ごと斬り下げた。

忍びの者は、声を洩らす暇もなく仰け反り倒れ、屋根を転がり落ちていった。

残る三人の忍びの者は、一斉に左近に斬り掛かった。

左近は、無明刀を縦横に閃かせた。

閃光が瞬き、血が飛び散った。

三人の忍びの者は、手足を斬られて次々に夜の闇に消え去った。

左近は、三人の忍びの者が消えたのを見定め、無明刀を一振りして血を飛ばし、観音像の彫られた大岩を見下ろした。

観音像の彫られた大岩の傍に、忍びの者はいなかった。

おそらく血の臭いを嗅ぎ、逸早《いちはや》く姿を消したのかもしれない。

左近は読み、本堂の屋根から跳び下り、観音像の彫られた大岩に駆け寄った。

観音像の彫られた大岩の下は、大苦無によって掘られていた。だが、掘られた穴はそれなりに深かったが、埋められていた物を掘り出した痕跡はなかった。

観音像の彫られた大岩の下には、何も埋められてはいなかったのだ。

ならば、観音像の足元、大岩に彫られていた陸、東、参とは何なのか……。

陸東参……。

やはり、大岩に観音像を彫った作者の名前なのか……。

左近は読んだ。

何《いず》れにしろ、物の怪騒ぎは、お宝を探す為に人が寄り付かないようにするものなのだ。

左近は、墓地に忍びの者が潜んでいないのを見定め、幸徳寺の庫裏に戻った。


囲炉裏の火は燃えた。

左近は、住職の善照、小坊主の幸念、寺男の彦八に物の怪の正体は、お宝探しをする忍び崩れの盗賊だと報せた。

「成る程、お宝探しの盗賊ですか……」

善照は頷いた。

「はい。盗賊の何人かは片付けましたが、生き残った者共は、既に正体は知られたと開き直り、力任せに押して来るかもしれません」

左近は、己の読みを報せた。

「それは困りますな……」

善照は、戸惑いを浮かべた。

「ならば、こっちでお宝を掘り出し、世間にお披露目《ひろめ》しますか……」

左近は笑った。

「そうすれば、盗賊共も諦《あきら》めますか……」

「おそらく……」

「分かりました。ですが、闇雲《やみくも》に墓地を掘り返す訳にもいかぬが……」

善照は困惑した。

「盗賊が観音像の彫られた大岩の下を掘ったのは、そこに陸東参の三文字が彫られていたからですが、そこには何も埋まっていなかったようです」

左近は告げた。

「陸東参……」

善照は眉をひそめた。

「ええ……」

左近は頷いた。

「幸念、紙と筆を……」

善照は命じた。

「はい……」

幸念は、紙と筆と硯《すずり》を用意した。

「左近さん……」

善照は、『陸、東、参』の文字を書くように左近を促《うなが》した。

「はい……」

左近は、紙に『陸、東、参』と書いた。

「陸東参か……」

善照は、紙に書かれた三文字を見据えた。

「ええ……」

左近は頷いた。

「此の三文字が大岩の下。観音像の足元に彫られていましたか……」

「はい。観音像を彫った仏師の名前なのかもしれません……」

左近は、己の読みを告げた。

「うむ……」

善照は、紙に書かれた『陸、東、参』の文字を厳しい面持ちで見詰めた。

左近、幸念、彦八は、善照を見守った。

静寂が訪れ、囲炉裏に掛けられた鉄瓶の低い唸《うな》りだけが続いた。

「うむ。そうか……」

善照は頷き、微かな笑みを浮かべた。

「分かりましたか……」

「おそらく……」

善照は、紙に書かれた〝陸〟の文字を示した。

「りくはろく、数のろくの字……」

「ろく……」

左近は眉をひそめた。

「東はひがし、そして、参はさん……」

「ろく、ひがし、さん……」

善照は読んだ。

左近は読んだ。

「ええ……」

「六に東に三。そうか……」

左近は何かに気が付き、顔を輝かせた。

「気付かれたかな……」

善照は笑った。

「ええ。明日、その下を掘ってみますが、公事宿巴屋の彦兵衛旦那に報せて仕度をしてもらっていいですか……」

左近は、善照に尋ねた。

「そりゃあ、構いませんが……」

善照は頷いた。

「はい。ならば……」

左近は笑った。

牛込水道町にある幸徳寺は、その昔に墓地に隠されたお宝を掘り出す。

左近は、公事宿『巴屋』彦兵衛に報せた。

彦兵衛は、下代《げだい》の清次《せいじ》にいろいろ仕度をさせて牛込水道町の幸徳寺に急いだ。

左近は、墓地に六体並んでいる六地蔵の東から三番目の地蔵を示した。

〝陸《りく》〟は、六地蔵の〝陸《ろく》〟であり、〝東《ひがし》〟から数えて〝参《さん》〟番目の地蔵。

住職の善照と左近は、〝陸東参〟をそう解いたのだ。

清次の連れて来た人足たちは、六地蔵の東から三番目の地蔵の上に櫓《やぐら》を組んで滑車《かっしゃ》を吊るした。

左近と幸念は、東から三番目の地蔵を布で包んで縄を掛け、滑車に吊るした。

善照と彦兵衛は見守った。

「よし。じゃあ、清次、引き上げてくれ」

左近は、清次と人足たちに命じた。

「承知。じゃあ、引くぜ。せいの……」

清次と人足たちは、息を合わせて滑車の綱を引いた。

三番目の地蔵は、ゆっくりと地面から浮き上がった。

清次と人足たちは、綱を引き続けた。

三番目の地蔵は、櫓を軋《きし》ませながら三尺程浮き上がった。

「よし。止めてくれ……」

左近は命じた。

清次と人足は、地蔵を吊り上げた綱を木の幹に縛り付けた。

三番目の地蔵は、宙に浮いた状態で揺れた。

「じゃあ、善照さま、掘りますよ」

「ええ。お願いします」

善照は頷いた。

左近、清次、彦八は、三番目の地蔵のあった処を掘り始めた。

善照、彦兵衛、幸念、人足たちは見守った。

「さあて、何が出て来るか……」

善照は眉をひそめた。

「ま、出て来ても出て来なくても、此れで物の怪騒ぎが鎮まるのなら、結構じゃありませんか……」

彦兵衛は苦笑した。

左近、清次、彦八は、穴を掘り続けた。

清次の鋤《すき》が、穴の底で何かに当たった。

「左近さん……」

清次は緊張した。

「うむ……」

左近は、苦無を出して穴の底で丁寧に掘り続けた。

苦無の先が、朽ち果てた木の板の破片を探り当てた。

「何か出ましたか……」

彦兵衛は、声を掛けて来た。

「ええ。木箱の欠片《かけら》らしき物が出て来ました」

左近は、木の板の破片を見せた。

「お宝を入れていた木箱ですか……」

彦兵衛は読んだ。

「きっと……」

左近、清次、彦八は、穴を掘り続けた。

やがて、左近の苦無の先が穴の底の土の中で小さな金属音を鳴らした。

「清次……」

左近は緊張した。

「はい……」

清次は、手で穴の底を掘った。

「ありましたぜ……」

清次は声を弾ませ、穴の底から古びて激しく傷んだ革袋を引き摺《ず》り出した。

「ありましたか……」

善照、彦兵衛、幸念が、穴の傍に駆け寄った。

「ええ。此《こ》れです……」

清次と左近は、ずっしりと重い革袋を穴から引き上げた。

善照は、革袋を見詰めて喉を鳴らした。

「さあ。善照さま、中を検めるんですね……」

彦兵衛は促した。

「う、うむ……」

善照は頷き、革袋の口を開けた。

中には、丸い一寸弱の金が入っていた。

「碁石金か……」

左近は、丸い一寸弱の金を碁石の形をした甲州金《こうしゅうきん》だと知った。

「よし。幸念さん、笊《ざる》を持って来てくれ」

「はい……」

幸念は走り、大きな笊を持って来た。

左近は、革袋を抱えて底を苦無で切った。

革袋の中から碁石大の石が流れ落ち、最後に十個程の碁石金が輝いた。

善照、彦兵衛、幸念、彦八、清次は驚き、呆気《あっけ》に取られた。

「どうやら、何者かが先に見付けて掘り出したようだな」

左近は苦笑した。

「和尚さま、十三個あります」

幸念は、碁石金を拾い集めて数えた。

「どうやら、先に掘り出した者が次に掘り出す者を哀れみ、碁石金を僅かに残し、未《ま》だあるように細工をしたようだ……」

左近は読んだ。

「やれやれですな……」

彦兵衛は、善照に笑い掛けた。

「ええ。ですが、此れでもう物の怪が現れなくなるのなら、良かったのかもしれません」

善照は笑った。

「その通りです」

左近と彦兵衛は頷いた。

「はい。出て来た碁石金は、明日にでも御上《おかみ》に届けますよ」

善照は、屈託のない面持ちで告げた。

「そいつが良い……」

左近は頷いた。

幸徳寺にお宝はないとはっきりすれば、物の怪がもう現れる事もなく、面倒が起こる事もない。

幸徳寺の物の怪騒ぎは終わった。

左近と清次は、人足たちと穴を埋め戻して三番目の地蔵を下ろして地面に据《す》え直し、すべてを元に戻した。

彦兵衛は、人足たちに手間賃を払い、清次を従えて帰って行った。

左近は、幸徳寺の境内や墓地に不審な処がないか見廻った。

不審な処はなかった。

幸徳寺のお宝の事は噂として流れ、音羽町の旅籠『音羽屋』に巣くっている忍び崩れの盗人共《ぬすっと》が知ることになる筈だ。

それで良い……。

左近は、住職の善照、小坊主の幸念、寺男の彦八に挨拶《あいさつ》をして幸徳寺から立ち去った。

夕暮れ時。

柳森稲荷前の空き地の奥の葦簀掛けの飲み屋では、仕事を終えた人足や職人たちが縁台や切り株に腰掛けて安酒を楽しんでいた。

「そうか。幸徳寺のお宝、とっくの昔に掘り出されていたかい……」

嘉平は、左近から事の次第を聞いた。

「ああ……」

左近は、湯呑茶碗の酒を飲んだ。

「で、次に掘り出す者を哀れんで僅かばかりの碁石金を残しておくとは、洒落《しゃれ》た真似をしやがって……」

嘉平は苦笑した。

「して、幸徳寺に碁石金を隠したのは誰か分かったのか……」

左近は尋ねた。

「ああ。どうやら蜘蛛《くも》の文平《ぶんぺい》って大昔の盗人、らしいぜ」

嘉平は報せた。

「蜘蛛の文平……」

左近は眉をひそめた。

「ああ。犬公方《いぬくぼう》の頃の盗人でな。当時の甲府城の金蔵を見事に破ったって野郎だそうだ」

「ならば、幸徳寺のお宝、甲府城の金蔵を破った時、盗み出した碁石金か……」

左近は睨んだ。

「きっとな。それにしても音羽町の料理屋江戸川と旅籠の音羽屋ってのが気になるな」

嘉平は眉をひそめた。

「うむ。忍び崩れの盗人共だと思うが、嘉平の父っつあん、知らなかったのか……」

左近は、戸惑いを過ぎらせた。

「ああ。此の儂《わし》でも知らない忍び崩れがいるとは、流石《さすが》に江戸は広いな……」

嘉平は感心した。

「だが、忍びの技を利用して外道《げどう》働きをする者たちなら、放ってはおけぬ」

左近は、厳しい面持ちで云い放った。

夜の闇に潮騒《しおさい》は響いていた。

左近は、亀島川《かめじまがわ》と合流する八丁堀《はつちようぼり》に架かっている稲荷橋を渡り、鉄砲洲波除《てつぽうずなみよけ》稲荷傍の公事宿『巴屋』の寮に向かった。

左近は、公事宿『巴屋』の寮の勝手口に進んだ。

人の気配……。

左近は、勝手口の近くに人の気配を感じた。

誰だ……。

左近は、勝手口の周囲の闇を透かし見た。

房吉が、勝手口の板戸の傍にしゃがみ込んでいた。

「房吉さん……」

左近は、居眠りをしている房吉に静かに声を掛けた。

房吉は眼を覚まし、左近を見定めた。

「やあ、左近さん……」

「待たせたようですね」

「いいえ……」

房吉は、苦笑しながら立ち上がった。


行燈の火は瞬いた。


「どうぞ……」

左近は、房吉に茶を淹《い》れて差し出した。

「こいつはどうも……」

「して、何か分かりましたか……」

「頼まれた牛込の幸徳寺ですが、旅の雲水《うんすい》が死んだ子供や行き倒れを供養する為に建てたと云われていますが、その雲水、どうやら盗人だって云い伝えが残っていましたよ」

房吉は、茶を飲みながら告げた。

「ほう。幸徳寺を開基《かいき》した雲水は、盗人だとの云い伝えがありましたか……」

左近は頷いた。

「ええ。それから、住職の善照さんと小坊主幸念の素性に妙なところはありませんが、寺男の彦八の素性が今一つはっきりしません……」

房吉は、厳しい面持ちで告げた。

「寺男の彦八……」

左近は眉をひそめた。

「ええ。幸徳寺の寺男になる前は、谷中《やなか》の弘安寺《こうあんじ》の寺男をしていましたが、それから前の事になると、どうにもはっきりしないのです」

房吉は、困惑を浮かべた。

「谷中の弘安寺の人たちは何て云っているのですか……」

左近は尋ねた。

「そいつが、当時の弘安寺には強盗が押し込みましてね。住職を始めとした人たちは殺され、彦八一人が辛《かろ》うじて助かり、それ以前を知っている者はいないんですよ」

「知っている者はいない……」

左近は、戸惑いを覚えた。

「ええ……」

「そうですか……」
左近は、微かな不安を覚えた。
夜が明けた。
左近の不安は募った。
よし……。
左近は、牛込水道町の幸徳寺に向かって朝靄《あさもや》の漂う朝の江戸の町を走った。
朝靄は切り裂かれ、渦《うず》を巻いた。
左近は走った。

幸徳寺を覆う朝靄は消え始めた。
左近は、幸徳寺の土塀を跳び越え、境内に忍び込んだ。
朝靄の薄れた幸徳寺の境内は、静寂に覆われていた。
左近は、境内に佇み、本堂、方丈、庫裏などを見廻した。
微かに血の臭いがした。
何処だ……。

左近は、血の臭いの出処《でどころ》を探した。
方丈か……。
左近は、方丈に走った。

方丈の廊下は薄暗かった。
左近は、住職善照の部屋に踏み込んだ。
薄暗い部屋の中には血の臭いが満ち、善照が血に塗《まみ》れて倒れていた。
左近は、善照に駆け寄って生死を検めた。
善照は、胸を刺されて絶命していた。
左近は、部屋の中を見廻した。
部屋の違い棚に置かれていた碁石金入りの小さな革袋はなくなっていた。
何者かが善照を殺し、十三個の碁石金を奪い取っていった。
小坊主の幸念と寺男の彦八はどうした……。
左近は、庫裏に向かった。

庫裏の囲炉裏は火が消えており、隅に小坊主の幸念が倒れていた。

「幸念……」
左近は、幸念に駆け寄った。
幸念は、背中を刺されていたが、辛うじて息をしていた。
庫裏に寺男の彦八はいなかった。
寺男の彦八が善照と幸念を刺し、碁石金を奪って逃走した。
左近は読んだ。
幸念が微かに呻《うめ》いた。
今は、幸念を助けるのが先決だ。
よし……。
左近は、幸念に応急の手当てをして背負い、町医者の許《もと》に走った。
応急の手当てが良かったようだ……。
幸念の傷は深手だが急所を外れており、辛うじて命は取り留める。
町医者は、そう診断した。
左近は、幸念を町医者に頼み、音羽町の旅籠『音羽屋』に走った。
寺男の彦八は、最初からお宝を狙って幸徳寺の寺男になっていたのだ。そして、善照と幸念を襲い、漸《ようや》く見付けられたお宝の残りの十三個の碁石金を奪った。

左近は読んだ。

寺男の彦八は、旅籠『音羽屋』に巣くう忍び崩れの盗人と拘わりがあるのかもしれない……。

左近は、音羽町に急いだ。

第二章　碁石金《ごいしきん》

一

旅籠『音羽屋』は、大戸を開けて女中が店先の掃除をしていた。

泊まり客で出立《しゅったつ》する者は既に早立ちしたのか、いなかった。

左近は、斜向かいの蕎麦屋の屋根の上に忍んで旅籠『音羽屋』を窺《うかが》った。

寺男の彦八は、忍び崩れの盗人たちと拘わりがあり、旅籠『音羽屋』に潜んでいるのかも知れない。

女中が掃除を終えた後、旅籠『音羽屋』は出入りする者もいなかった。

よし……。

左近は、旅籠『音羽屋』に忍び込もうとした。

その時、旅籠『音羽屋』から裁着袴《たっつけばかま》の武士が現れ、編笠《あみがさ》を被って牛込に向かった。

見覚えのある奴……。

左近は、想いを巡らせた。

裁着袴の武士は、幸徳寺の観音像の彫られた大岩の下を検《あらた》めていた忍び崩れの盗人だ。

左近は思い出した。

尾行《つけ》る……。

左近は決め、蕎麦屋の屋根から下りた。

裁着袴の武士は編笠を被り、江戸川に架かっている江戸川橋に進んだ。

左近は尾行た。

裁着袴の武士は、巧《たく》みに尾行する左近に気が付かず江戸川橋を渡り、小日向水《こひなた》道町に向かった。

何処に何しに行く……。

左近は見守り、尾行た。

裁着袴の武士は、小日向水道町の間の道から神田上水に曲がった。

左近は追った。

裁着袴の武士は、神田上水沿いの道を牛天神《うしてんじん》に向かった。

牛天神は、水戸藩江戸上屋敷の西の外れにある。

左近は、神田上水傍の道を牛天神の方に行く裁着袴の武士を慎重に尾行た。

牛天神から水戸藩江戸上屋敷の表門前を通り、裁着袴の武士は神田川に架かる小石川《こいしかわ》御門前に出た。

左近は追った。

裁着袴の武士は、神田川沿いを水道橋に進み、湯島聖堂脇の昌平坂を上がって神田明神の鳥居を潜った。

神田明神……。

左近は、足取りを速めた。

神田明神の境内は、多くの参拝客が行き交っていた。

裁着袴の武士は、参拝もせずに境内の隅にある茶店の縁台に腰掛け、亭主に茶を頼んだ。
左近は、石燈籠《いしどうろう》の陰から見守った。
裁着袴の武士は、行き交う人を眺めながら茶を啜った。
誰かと落ち合うつもりか……。
左近は読んだ。
僅かな刻が過ぎた。
裁着袴の武士は、人待ち顔で茶を啜った。
武家の女が、裁着袴の武士の隣に腰掛けた。
左近は緊張した。
裁着袴の武士は、戸惑いを露《あら》わにした。
武家の女は微笑《ほほえ》み、裁着袴の武士に何事かを告げた。
あっ……。
左近は、武家女の顔に見覚えがあった。
見覚えがある……。
左近は、武家女と何処かで逢った事があるのか、思い出そうとした。
裁着袴の武士と話をしている武家の女は、十六、七歳の娘だ。

そうか……。

十六、七歳の武家娘は、神田八つ小路の昌平橋の袂で旗本長野監物《ながのけんもつ》の家来の島村清一郎を刺し殺した者に似ていたのだ。

左近は思い出し、武家の娘の顔を良く検めた。

間違いない……。

武家娘は、神田八つ小路で島村清一郎を殺《あや》めた女なのだ。

左近は見定めた。

あの時の武家娘が、忍び崩れの盗人と何らかの拘わりがあるのか……。

左近は、戸惑いを覚えた。

裁着袴の武士は、武家娘に懐紙に包んだ物を渡した。

武家娘は、懐紙を開けて中の物を検め、胸元に仕舞《しま》った。

何を渡したのか……。

武家娘は、縁台から立ち上がり、裁着袴の武士に挨拶をして鳥居に向かった。

裁着袴の武士は、茶を飲みながら武家娘を見送った。

どうする……。

左近は、武家娘を追うか、裁着袴の武士の尾行を続けるか迷った。

裁着袴の武士の塒《ねぐら》は、音羽町の旅籠の『音羽屋』だと分かっている。

ならば……。

左近は、武家娘を追った。

神田明神を後にした武家娘は、明神下の通りを不忍池《しのばずのいけ》に向かった。

左近は尾行た。

不忍池は煌めいていた。

武家娘は、不忍池の畔《ほとり》を足早に進んだ。

左近は尾行た。

武家娘は、不忍池の畔を茅町《かやちょう》二丁目に進み、板塀《いたべい》に囲まれた家の木戸門に入って行った。

左近は見届けた。

武家娘は何者なのか……。

板塀に囲まれた家は武家娘の家なのか……。

左近は、板塀に囲まれた家を眺めた。

米屋の印半纏《しるしばんてん》を着た手代が、隣の家から出て来た。

よし……。

左近は、米屋の手代《てだい》を呼び止めた。

「ちょいと尋ねるが……」

左近は、手代に素早く小粒《こつぶ》を握らせた。

「えっ。何でしょうか……」

手代は、戸惑いながら小粒を握り締め、左近に笑顔を向けた。

「うむ。此の板塀に囲まれた家は誰の家かな」

左近は、板塀に囲まれた家を示した。

「ああ。此の家は黒沢兵衛《くろさわひょうえ》さまって旗本の御隠居さまのお宅ですよ」

「旗本の隠居の黒沢兵衛……」

左近は知った。

「ええ……」

「して、此の家には十六、七の娘がいる筈だが……」

「ああ。お由衣《ゆい》さんですか……」

「お由衣……」

「はい。御隠居さまの遠縁の娘さんで、御隠居さまのお世話をしているんですよ」

「そうか、遠縁の娘か……」

左近は、旗本長野家家来の島村清一郎を刺し殺した十六、七歳の娘がお由衣だと知った。

「あの、旦那……」

米屋の手代は、小粒を固く握り締めた。

「ああ。忙しいところを呼び止めて、造作《ぞうさ》を掛けたな……」

左近は、米屋の手代を解放した。

米屋の手代は、左近に頭を下げ、小粒を固く握り締めて立ち去った。

仇《かたき》の片割れ……。

あの時、お由衣は島村清一郎をそう云っていた筈《はず》だ。

お由衣は仇持ちなのか……。

そして、旗本長野監物はお由衣の仇と拘わりがあるのか……。

左近は眉をひそめた。

「茅町二丁目に隠居所を構えている旗本の隠居の黒沢兵衛さんと遠縁の娘のお由衣さんですか……」

公事宿『巴屋』の主の彦兵衛は、眉をひそめた。

「ええ。そのお由衣、旅籠の音羽屋に巣くっている忍び崩れの盗人と、何らかの拘わりがあるようでしてね」

左近は告げた。

「忍び崩れの盗人と……」

房吉は眉をひそめた。

「そして、善照《ぜんしょう》和尚を手に掛けて碁石金を奪った寺男の彦八も忍び崩れの盗人と拘わりがあるのかも……」

左近は睨んだ。

「旗本の隠居の黒沢兵衛とお由衣。そのお由衣の仇の仔細《しさい》ですか……」

房吉は読んだ。

「ええ。お願い出来ますか……」

左近は頷いた。

「旦那……」

「急ぐ公事も抱えちゃあいないし、善照和尚殺しにも拘わりがある。房吉さえ良ければ……」

彦兵衛は笑った。

「はい。じゃあ、左近さん……」

房吉は頷いた。

「忝《かたじけな》い。私は旅籠の音羽屋の調べを続けます」

左近は告げた。

「只今、戻りました……」

清次が戻って来た。

「おう。どうだった、幸念さんは……」

彦兵衛は訊いた。

「お医者の話じゃあ、明後日には動かせるだろうと……」

「明後日か……」

「はい……」

「よし。じゃあ明後日、動かせるとなれば引き取って来てくれ」

彦兵衛は、背中を刺された幸徳寺の小坊主幸念を『巴屋』に引き取る事にしていた。

「心得ました……」

清次は頷いた。

「そいつは良かった……」

左近は微笑んだ。

柳森稲荷前の空き地は、古着屋、古道具屋、七味唐辛子売りも店仕舞いし、奥にある葦簀掛けの飲み屋だけが明かりを灯《とも》していた。

葦簀掛けの飲み屋の横には、縁台に腰掛けて安酒を楽しむ数人の男たちがいた。

左近は、夜の闇に紛れて葦簀掛けの飲み屋に入った。

「邪魔をする……」

「おう。来たか……」

嘉平は、左近を迎えた。

「うむ……」

左近は頷いた。

嘉平は、湯呑茶碗に酒を満たして左近に差し出した。

「幸徳寺の善照和尚、殺されたそうだな」

嘉平は、左近に厳しい眼を向けた。

「うむ。彦八という寺男の仕業《しわざ》の筈だが、知っているか……」

「寺男の彦八か……」

「ああ。知っているか……」

「昔、寺に寺男として潜り込み、金や高く売れそうな仏像を盗んで消える寺男がいたそうだが……」

嘉平は、左近を窺った。

「そいつかもしれないな……」

左近は睨んだ。

「うむ。それから、音羽町の旅籠の音羽屋だが、はぐれ忍びの十蔵《じゅうぞう》にちょいと探ってもらったら、睨み通り、抜《ぬ》け忍《にん》で盗みの道に踏み込んだ奴らの塒《ねぐら》になっているようだ」

「やはりな。して、音羽屋の主は……」

「うん。表通りの料理屋江戸川の旦那の吉右衛門の妾《めかけ》の、芸者上がりのおまきに違いないな……」

嘉平は苦笑した。

「江戸川の吉右衛門の素性は……」

「そいつは今、十蔵が探っているが、只の料理屋の旦那じゃあるまい……」

嘉平は睨んだ。

「ま、妾に盗人の塒を営ませているんだ。堅気《かたぎ》とは思えぬ……」

左近は苦笑した。

「何《いず》れにしろ、俺たちはぐれ忍びとは違う盗人忍びがいるのは確かだ……」

嘉平は、厳しい面持ちで告げた。

「して、どうする」

左近は、嘉平の出方を窺った。

「そいつは未だ、これからだ……」

嘉平は、冷笑を浮かべた。

「そうか。ま、はぐれ忍びではないとなれば、遠慮は無用だな……」

左近は、不敵な笑みを浮かべた。

音羽町は、江戸川に架かっている江戸川橋を北に渡ると、桜木町《さくらぎちょう》となり続いて音羽町九丁目となる。そして、通りの両側に八丁目、七丁目と続いて一丁目になり、神霊山護国寺となる。

音羽町九丁目にある料理屋『江戸川』と旅籠『音羽屋』は、護国寺から最も遠い音羽町にあった。

朝。

左近は、蕎麦屋の屋根に忍んで斜向かいの旅籠『音羽屋』を窺った。

旅籠『音羽屋』は雨戸を閉めており、早立ちをした泊まり客はいなかったようだ。

老下男が、音を立てて雨戸を開けた。

左近は見守った。

雨戸を開けた老下男は、大きく背伸びをして裏に廻って行った。

裏通りに暖簾を掲げる様々な店が、大戸を開けて掃除を始めた。

一日の始まりだ。

旅籠『音羽屋』にいる裁着袴の武士は、動くのか……。

左近は待った。

裏通りには、人が忙しく行き交い始めた。

旅籠『音羽屋』に旅人の出入りはなかった。

表通りの料理屋『江戸川』は、嘉平の息の掛かったはぐれ忍びの十蔵が探っている筈だ。

主の吉右衛門の素性が分かれば良いが……。

左近は、旅籠『音羽屋』の背後に続く料理屋『江戸川』を眺めた。

刻が過ぎた。

左近は、見張り続けた。

旅籠『音羽屋』から女中が現れ、店先の掃除を始めた。

裁着袴の武士が、旅籠『音羽屋』から出て来た。

「あら、郡兵衛《ぐんべえ》の旦那、お出掛けですか……」

女中は声を掛けた。

「ああ……」

郡兵衛と呼ばれた裁着袴の武士は、鋭い眼差しで辺りを見廻し、編笠を被って江戸川橋に向かった。

「お気を付けて……」

女中は見送った。

郡兵衛の旦那か……。

左近は、裁着袴の武士の名を知った。そして、連なる町家の屋根伝《づた》いに郡兵衛を追った。


不忍池は煌めいた。

郡兵衛は、編笠を目深《まぶか》に被って不忍池の畔《ほとり》を進んだ。

左近は、慎重に尾行《つけ》た。

郡兵衛は、不忍池の畔にある古い茶店の前に立ち止まり、辺りを見廻した。そして、不審なところはないと見定め、茶店に入った。

「おいでなさい……」

老婆が、奥から出て来た。

「茶を貰《もら》おう……」

郡兵衛は、茶を頼み、編笠を取りながら縁台に腰掛けた。

左近は、雑木林の陰から見張った。

僅かな刻が過ぎ、中年の男が郡兵衛に茶を持って来た。

「お待たせしました」

郡兵衛に茶を差し出した中年男は、薄笑いを浮かべた。

郡兵衛は、中年男の顔を見て苦笑した。

寺男の彦八……。

郡兵衛に茶を差し出した中年男は、寺男の彦八だった。

左近は気が付いた。

やはり、郡兵衛と彦八は繋《つな》がっていた……。

左近は、大きく迂回《うかい》して茶店の裏手に廻り、屋根に跳んだ。そして、茶店の屋根の軒先に這《は》い進んだ。

「で、碁石金は娘に渡したんだな」

彦八は、郡兵衛に尋ねた。

「ああ。碁石金のような今時珍しい金を売り捌《さば》くのは面倒だ。纏《まと》めて買ってくれる者がいるならそれに越した事はないだろう」

郡兵衛は笑った。

「うむ。で、娘はご隠居に見せ、良ければ買い手に話を持ち込むか……」

彦八は、薄笑いを浮かべて頷いた。

「ああ……」

郡兵衛は、茶を飲んだ。

左近は、茶店の屋根の軒先に忍び、彦八と郡兵衛の話を聞いた。

娘とはお由衣の事だ……。

郡兵衛は彦八に頼まれ、善照を殺して奪った碁石金を売り捌く相手を捜しているのだ。そして、買い手を知っている黒沢兵衛とお由衣に出逢ったのかもしれない。

左近は読んだ。

「で、その御隠居ってのは、何者なのだ……」

彦八の声が、軒先の下から聞こえた。

左近は、聞き耳を立てた。

「うむ。旗本の隠居でな。書画骨董《しょがこっとう》の目利きもしており、金に糸目を付けない好事家《こうずか》を大勢知っているそうだ」

郡兵衛は告げた。

「そうか。ま、こっちは碁石金を高値で買ってくれれば良いだけだ」

「どうだ、彦八。お前も音羽屋に来ないか……」

郡兵衛は誘った。

「冗談じゃあない。碁石金を持って音羽屋に行けば鴨葱《かもねぎ》だ……」

彦八は苦笑した。

「そうかな。今、音羽屋にいるのは僅かな人数だ。甲賀の彦八が恐れる程の盗人忍びはいないと思うがな……」

郡兵衛は、首を捻った。

「郡兵衛、恐れる相手は泊まり客の盗人忍びじゃあない……」

彦八は、狡猾《こうかつ》な笑みを浮かべた。

「そうか。女将と旦那か……」

郡兵衛は、嘲《あざけ》りを浮かべた。

「ああ。おまきと吉右衛門。得体の知れない不気味さを感じてな……」

彦八は、微かな怯《おび》えを過《よ》ぎらせた。

得体の知れない不気味さ……。

左近は、彦八が音羽町の料理屋『江戸川』の主の吉右衛門と妾のおまきを恐れているのを知った。

盗人忍びの彦八が恐れる吉右衛門とおまきとは何者なのか……。

左近は、厳しさを滲《にじ》ませた。

二

郡兵衛は、彦八に見送られて不忍池の畔の茶店から帰って行った。

彦八は見送った。

帰る郡兵衛を見送ったのは、彦八だけではなかった。

左近は、郡兵衛を見送って茶店の屋根を降り、店の奥を窺った。

店の奥では、彦八が茶店の老婆に金を渡していた。

「造作《ぞうさ》を掛けたな、婆さん。又、頼むよ」

「いいとも、いつでも使っておくれ……」

老婆は、渡された金を握り締めて歯のない口元を綻《ほころ》ばせた。

彦八は、茶店を後にした。

左近は、彦八を尾行た。


不忍池の畔、茅町二丁目の板塀に囲まれた家は、静けさに覆われていた。

房吉は、茅町二丁目の自身番《じしんばん》を訪れた。そして、旗本の隠居の黒沢兵衛と遠縁の娘お由衣の素性を調べた。

「ああ。板塀を廻した家の御隠居の黒沢兵衛さまですか……」

自身番の店番は、黒沢兵衛を知っていた。

「ええ。黒沢の御隠居さま、元はお旗本だと聞きましたが……」

房吉は尋ねた。

「ええ。確か五年前に家督《かとく》を御子息に継がせて隠居され、本郷《ほんごう》は御弓町《おゆみちょう》のお屋敷を出て茅町の家に移り、書画骨董の目利きをされておりますよ」

店番は告げた。

「へえ、書画骨董の目利きを……」

房吉は知った。

「ええ……」

「じゃあ、お旗本の頃から書画骨董に……」

「ええ。お旗本の頃は、殆《ほとん》ど無役《むやく》の小普請組《こぶしんぐみ》で、暇を持て余して書画骨董に打ち込んだとか……」

店番は苦笑した。

「じゃあ、お役目には……」

「一度だけ、甲府勤番支配組頭《こうふきんばんしはいくみがしら》のお役目に就いた事があると、聞いた覚えがありますよ」

「へえ。甲府勤番支配組頭ですか……」

「ええ……」

「で、黒沢の御隠居さまの家には、十六、七歳の遠縁の娘さんがいるとか……」

房吉は、話題をお由衣に持って行った。

「ええ。お由衣さまと仰《おつしや》いましてね。御隠居さまが孫のように可愛がり、お由衣さまも御隠居さまのお世話をしておりますよ」

「じゃあ、茅町の家には黒沢の御隠居さまとお由衣さまの二人……」

「飯炊きの婆さんとの三人暮らしですよ」

「そうですか。で、お由衣さまの御実家は……」

房吉は、お由衣がどのような仇持ちなのか突き止めようとした。

「さあて、御実家は……」

店番は、首を捻った。

房吉は、黒沢兵衛とお由衣についての聞き込みを続けた。


不忍池には水鳥が遊び、水飛沫《みずしぶき》が煌《きら》めいた。

彦八は、古い茶店を出て不忍池の畔を進んだ。

左近は、慎重に尾行た。

彦八は、尾行て来る者や周囲を警戒しながら畔を進んだ。

此のまま進めば谷中《やなか》だ……。

彦八は、谷中の何処かに潜んでいる。

左近は読んだ。

彦八の隠れ家を突き止め、碁石金を取り返す……。

左近は、谷中に進む彦八を尾行た。

谷中は、天王寺《てんのうじ》を始めとした寺の町だ。

彦八は、寺の連なりを進んだ。

左近は尾行た。

彦八は、寺の連なりの端の古寺の山門を潜った。

左近は見届けた。

彦八は、牛込水道町の幸徳寺に続き、谷中の古寺に寺男として潜んでいるのかもしれない。

寺男の彦八か……。

左近は苦笑した。

古寺の山門には、『京仙寺《きようせんじ》』と書かれた扁額《へんがく》が掲げられていた。

左近は、古寺『京仙寺』の境内に入った。

境内は掃除や植木の手入れが満足にされていなく、荒れていた。

彦八は、寺男がいなくて困っていた古寺『京仙寺』に潜り込んだのかもしれない。

左近は読み、庫裏に近付いた。

そして、庫裏の腰高障子の隙間から中の様子を窺った。

庫裏の囲炉裏には火が熾《おこ》され、彦八の姿は見えなかった。

左近は、素早く庫裏に忍び込んだ。

庫裏の隣の小部屋の板戸が開いていた。

左近は、小部屋に忍び寄った。

小部屋の中では、彦八が寺男の形《なり》に着替えていた。

「幸徳寺の次は京仙寺の寺男か……」

左近は、嘲笑した。

彦八は、振り返りながら左近に苦無《くない》で突き掛かった。

左近は、彦八の苦無を握る手を摑《つか》み、捻り倒して押さえ込んだ。

「離せ……」

彦八は、抗《あらが》い踠《もが》いた。

左近は、彦八から苦無を奪い取り、張り飛ばした。

彦八は、唇から血を飛ばした。

「彦八、幸徳寺の善照和尚を刺し殺し、幸念を刺し、掘り出した碁石金を奪ったな」

左近は、彦八の喉元に苦無を押し付けた。

彦八は、顔を引き攣《つ》らせて喉を鳴らした。

「そうだな……」

左近は、彦八の喉元に押し付けた苦無を横に引いた。

彦八の喉元に赤い糸のように血が湧いた。

「ああ……」

彦八は、嗄《しやが》れ声で頷いた。

「で、奪った碁石金は何処にある……」

左近は、再び苦無を突き付けて尋ねた。

「ご、碁石金は……」

彦八は、言葉を濁《にご》した。

「彦八、盗人忍びの郡兵衛に売り捌き先を捜してもらっているのは分かっているんだ」

左近は、嘲りを浮かべた。

「そうですかい。じゃあ、苦無を退《ど》けて下さい……」

彦八は、覚悟を決めたように頷いた。

「彦八、馬鹿な真似をしたら容赦はしない」

左近は、彦八の喉元から苦無を退かした。

彦八は、起きあがって小部屋の隅に置いてあった柳行李《やなぎごうり》から革袋を取り出し、左近に差し出した。

左近は、革袋を受け取って中を検めた。

革袋の中には、十三個の碁石金が入っていた。

左近は見定めた。

刹那《せつな》、彦八は風呂敷の中から忍び鎌《しのびかま》を取り出して一閃《いっせん》した。

左近は、忍び鎌を苦無で叩き落とし、彦八の首を両手で鷲摑《わしづか》みにして捻り込んだ。

首の骨の折れる鈍い音が鳴った。

彦八は、呆然とした面持ちで息を吞み、絶命した。

「馬鹿な真似はするなと云った筈だ……」

左近は、腹立たし気に吐き棄て、彦八の首から両手を離した。

彦八は、呆然とした面持ちのまま崩れ落ち、斃《たお》れた。

左近は、碁石金の入った革袋を持って小部屋を出た。

寺男の彦八の死体を残して……。

左近は、谷中の古寺『京仙寺』を後にした。

碁石金は、庭から差し込む夕陽を浴びて光り輝いた。

「此奴《こいつ》が碁石金ですか……」

房吉と清次は、輝く碁石金に眼を瞠《みは》った。

「ええ。彦八を始末し、取り戻して来ました」

左近は告げた。

「そうですか。して、彦八は此の碁石金をどうする魂胆《こんたん》だったんですかね」

彦兵衛は眉をひそめた。

「碁石金は此のままでは使えません。彦八は好事家に高値で売り捌こうとしていましたよ」

左近は苦笑した。

「成《な》る程《ほど》……」

「で、彦八は盗人忍びの郡兵衛を通じて目利きの黒沢兵衛に買い手を捜してもらうつもりだったようです」

「盗人忍びの郡兵衛ですか……」

「ええ……」

「で、旗本の隠居の黒沢兵衛さん、目利きだったのですか……」

「はい……」

左近は頷いた。

「その黒沢兵衛さんですがね……」

房吉は、膝を進めた。

「素性、分かりましたか……」

「ええ。長い小普請組暮らし、暇に飽かして書画骨董の目利きになったそうですよ」

「ほう。御公儀のお役目に就いた事はないのかい……」

彦兵衛は尋ねた。

「一度だけ、甲府勤番支配組頭のお役目に就いたそうですよ」

房吉は告げた。

「甲府勤番支配組頭……」

左近は眉をひそめた。

「はい……」

房吉は頷いた。

「左近さん……」

「ええ。碁石金は甲州金とも云い、甲府とも拘わりのある金貨。甲府勤番支配組頭だった黒沢兵衛と何らかの拘わりがあるのかもしれません」

左近は読んだ。

「ええ……」

彦兵衛は頷いた。

「して、房吉さん。お由衣は……」

左近は尋ねた。

「そいつが、今のところ、黒沢兵衛さんの遠縁の娘としか……」

房吉は眉をひそめた。

「どんな仇持ちかは……」

左近は尋ねた。

「そいつも未だ……」

房吉は、申し訳なさそうに告げた。

「いいえ。容易に分かれば、誰も苦労はしません。焦らずにお願いします」

左近は、笑みを浮かべて頼んだ。

「はい……」

房吉は頷いた。

「で、左近さん、これからどうします」

彦兵衛は尋ねた。

「私は音羽町の料理屋江戸川の旦那の吉右衛門と旅籠音羽屋のおまきを探ってみます」

「盗人忍びですか……」

彦兵衛は、微かな緊張を滲ませた。

「ええ。吉右衛門が気になりましてね」

左近は苦笑した。

夕陽は沈み、碁石金の輝きは失《う》せた。


音羽町の遊郭《ゆうかく》は賑わった。

左近は、料理屋『江戸川』の前に佇んだ。

料理屋『江戸川』は客で賑わい、三味線や太鼓の音が洩《も》れていた。

左近は、店の帳場で番頭たち奉公人に指図をしている恰幅《かっぷく》の良い初老の男に気が付いた。

主の吉右衛門か……。

左近は見詰めた。

次の瞬間、恰幅の良い初老の男は、左近の視線を感じたのか表を見た。

左近は、素早く闇に隠れた。

恰幅の良い初老の男は、左近に気が付かずに番頭と奥に入って行った。

恐ろしく鋭い感覚……。

左近は、恰幅の良い初老の男を吉右衛門だと睨んだ。

よし……。

左近は、料理屋『江戸川』の前から裏にある旅籠『音羽屋』に向かった。

左近は、料理屋『江戸川』と旅籠『音羽屋』の横に路地を進んだ。

殺気が湧いた。

左近は、路地の暗がりに素早く身を潜めた。

殺気と共に血の臭いが漂った。

まさか……。

左近は、或《あ》る予感に襲われた。

半纏を着た男が、料理屋『江戸川』の板塀から落ちるように路地に現れた。

左近は見守った。

半纏を着た男は、血塗《まみ》れの右手で左肩を押さえ、よろめきながら立ち上がった。

左近は、血の臭いの出処を知った。

郡兵衛たち浪人が追って現れ、半纏を着た男を取り囲んだ。

左近は、暗がりに忍んで見守った。

「十蔵《じゆうぞう》、手前、やはり旦那を探りに来たはぐれ忍びだな……」

郡兵衛は半纏を着た男を十蔵と呼び、厳しく睨み付けた。

十蔵……。

嘉平が、料理屋『江戸川』の主吉右衛門を探りに放ったはぐれ忍びだ。

左近は知った。

放ってはおけぬ……。

左近は、暗がりから棒手裏剣を放った。

棒手裏剣は、十蔵の背後を塞《ふさ》いでいた浪人の膝に突き刺さった。

浪人は膝から崩れ、倒れ込んだ。

郡兵衛たち浪人は怯《ひる》んだ。

左近は、暗がりから跳び出し、十蔵を助けて逃げた。

「追え……」

郡兵衛たち浪人は追った。


左近は、十蔵を連れて江戸川橋に走った。

「十蔵、逃げろ……」

左近は囁《ささや》いた。

「おぬし……」

「日暮左近だ」

「忝《かたじけな》い……」

十蔵は、斬られた左肩を押さえ、江戸川橋を渡って夜の闇に走り去った。

左近は振り返り、駆け寄って来る郡兵衛たち浪人に対した。

郡兵衛たち浪人は、江戸川橋を背にして立つ左近を取り囲んだ。

「日暮左近か……」

郡兵衛は、左近を見据えた。
「盗人忍びの郡兵衛か……」
左近は、嘲りを浮かべた。
「黙れ……」
郡兵衛は遮《さえぎ》った。
刹那、浪人たちが左近に様々な手裏剣を放った。
左近は、夜空に大きく跳んで手裏剣を躱《かわ》し、無明刀《むみょうとう》を抜き払って一閃した。
無明刀は閃光を放った。
左近は、跳び下りた。
浪人の一人が首の血脈《けつみゃく》を刎《は》ね斬られ、噴き出す血に廻りながら倒れた。
浪人たちは刀を抜き、声も物音も上げず左近に殺到した。
盗人忍びか……。
左近は嘲りを浮かべ、無明刀を翳《かざ》して踏み込んだ。
白刃は蒼白い月明かりに煌めき、縦横に交錯した。
三人の浪人が手足の筋を刎《は》ね斬られ、血を飛ばして倒れ込んだ。
多くの敵と戦う時は、僅かな力で相手の戦闘力を奪うのが一番だ。

左近は、無明刀を閃かせて郡兵衛に迫った。

「お、おのれ……」

郡兵衛は怯んだ。

「郡兵衛、料理屋江戸川の吉右衛門は何者なのだ……」

左近は、郡兵衛に無明刀を突き付けた。

「し、知らぬ……」

郡兵衛は、嗄れ声を震わせて惚《とぼ》けた。

「惚けるか……」

左近は苦笑した。

刹那、鋭い殺気が左近を襲った。

左近は、咄嗟《とっさ》に大きく跳び退《の》いて無明刀を正眼《せいがん》に構えた。

夜の闇を揺らして人影が現れた。

左近は透かし見た。

人影は、面具の半頰《はんぼお》を付け、陣羽織《じんばおり》を着た忍びの者だった。

何者だ……。

左近は身構えた。

「退《ひ》け、郡兵衛……」

半顔の忍びの者は、くぐもった声で命じた。

郡兵衛は、悔しそうに返事をし、残った浪人たちと退いた。

「日暮左近か……」

半顔の忍びの者は、くぐもった声に笑みを滲ませた。

「お前は……」

左近は、半顔の忍びの者を見据えた。

刹那、半顔の忍びの者の周囲の闇から無数の弩《ど》の矢が放たれた。

無数の弩の矢は、唸りを上げて左近に飛来した。

今夜は此れ迄だ……。

左近は、江戸川橋の床を蹴って暗い江戸川の流れに跳んだ。

無数の弩の矢は、左近のいた処を音を鳴らして飛び抜けた。

半顔の忍びの者の周囲の闇から忍びの者が現れ、左近が跳び下りた江戸川に走った。

「日暮左近、必ず斃してくれる……」

半顔の忍びの者は、夜の闇を鋭く見据えた。

夜の神田川に月影は揺れた。

左近は、柳原通りから柳森稲荷前の空き地に進んだ。

空き地の奥に葦簀掛けの飲み屋が、小さな明かりを灯していた。

左近は、鳥居の陰から葦簀掛けの飲み屋を窺った。

葦簀掛けの飲み屋の周囲には、はぐれ忍びの結界《けっかい》が張られていた。

嘉平は、十蔵が手傷を負って戻って来たので直《す》ぐに結界を張ったのだ。

左近は読み、己の顔を晒して葦簀掛けの飲み屋に進んだ。

梟《ふくろう》の鳴き声が響いた。

結界を張っているはぐれ忍びは、左近の顔を見知っているらしく咎《とが》める者はいなかった。

左近は、葦簀掛けの飲み屋に近付いた。

葦簀掛けの飲み屋からは、血の臭いが微かに漂った。

「邪魔をする……」

左近は、葦簀を潜った。

血の臭いが、左近の鼻を衝《つ》いた。

飲み屋の奥で、嘉平が十蔵の左肩の刀傷の手当てをしていた。

「おう。助けてくれたそうだな……」

嘉平は、左近に笑い掛けた。

十蔵は、感謝の眼を左近に向けて頭を下げた。

「無事に戻り、何よりだ……」

左近は微笑んだ。

三

「半頰の面具を付けて陣羽織を着た忍びの者か……」

嘉平は眉をひそめた。

「うむ。おそらく料理屋江戸川の主の吉右衛門の筈だが、何処の忍びか分かるか……」

左近は尋ねた。

「さあて、世の中には我々の知らぬ忍びがまだまだいるからな……」

嘉平は、厳しい面持ちで告げた。

「分からぬか……」

「うむ。十蔵はどうだ……」

嘉平は訊いた。

「旅籠の音羽屋にいる盗人忍び共は、伊賀甲賀、根来《ねごろ》に風魔《ふうま》、いろいろな忍びの抜け忍だが、吉右衛門に関しては、調べている途中で甲賀の抜け忍の郡兵衛に怪しまれ、仕掛けられて……」

十蔵は、悔し気に告げた。

「そうか……」

嘉平は頷いた。

「何れにしろ、吉右衛門たち盗人忍びは、はぐれ忍びに敵愾心《てきがいしん》を持っているに違いない……」

左近は読んだ。

「はぐれ忍びに……」

嘉平は、緊張を過ぎらせた。

「ああ。おそらく盗人忍び、これからはぐれ忍びに仕掛けて来る筈……」

「身《み》の程《ほど》知らずが……」

嘉平は、嘲笑を浮かべた。

「だが、吉右衛門が何処の忍びか分からぬように、盗人忍びにもどのような者がいるのか分からぬ限り、油断は出来ぬ」

左近は、厳しさを滲ませた。

「う、うむ……」

嘉平は頷いた。

「嘉平の父っつあん、はぐれ忍びの主《おも》だった者を集めるか……」

十蔵は眉をひそめた。

「そうだな。集めて、盗人忍びの事を報せて警戒するように伝えなきゃあならねえな」

嘉平は、厳しい面持ちで頷いた。

「そいつが良いだろう……」

何れにしろ、はぐれ忍びは盗人忍びと殺し合いになる……。

左近の勘は囁いた。

本郷北の天神真光寺《てんじんしんこうじ》は、参拝客で賑わっていた。

房吉は、門前町にある酒屋『吉乃屋《よしの》』を訪れた。

酒屋『吉乃屋』は、昔から御弓町の旗本黒沢屋敷に出入りをしている。

「はい。黒沢さまのお屋敷には、先代の頃からお出入りを許されておりますが……」

酒屋『吉乃屋』の老番頭の平吉《へいきち》は、小さな白髪髷《しらがまげ》を上下させて頷いた。

「そうですか……」

「手前も昔、黒沢さまの先代の頃ですが、よく御用聞きやお酒を届けに行きましたよ」

老番頭の平吉は、懐《なつ》かしそうに告げた。

「黒沢さまの先代の頃ですか……」

黒沢家の先代当主は、茅町二丁目に隠居している黒沢兵衛なのだ。

「ええ。もう、随分と昔になりますか……」

「黒沢さまの先代、どのような方でした……」

房吉は訊いた。

「そりゃあもう、奉公人や手前ども町方の者にも分け隔てなく声を掛けて、曲がった事の嫌いな豪気《ごうき》なお人でしたよ」

老番頭の平吉は、眼を細めた。

「そんな人ですか……」

「ええ。上役に賄賂《まいない》や付け届けもしないお人で、御役目にも就けず、ずっと無役の小普請組。漸《ようや》く就けたお役目が、甲府勤番支配組頭ですよ……」

平吉は笑った。

「甲府勤番支配組頭……」

房吉は眉をひそめた。

「ええ。長い無役の小普請暮らしの御家人《ごけにん》や小旗本《こはたもと》が甲府勤番に島流し、そんな方々を纏める組頭。どう見たって出世には縁遠いお役目。ですが、黒沢さまの先代は、張り切って甲府に行かれましてね。うん……」

平吉は、自分の話に頷いた。

「で、どうなりました……」

房吉は、平吉に話を促した。

「どうなったって、甲府での事は分かりませんよ……」

平吉は、戸惑いを浮かべた。

「そうか。そりゃあ、そうですよね」

房吉は苦笑した。

「ですが、甲府ではいろいろあったようでしてね。二年位が経った頃、黒沢さまの先代は甲府勤番支配組頭を御役御免《おやくごめん》になり、七、八歳程の遠縁の女の子を連れて甲府からお帰りになられ、隠居されたんですよ」

平吉は告げた。

「そうですか……」

黒沢兵衛は、甲府で何かがあった。そして、甲府から連れて来た七、八歳程の遠縁の女の子はお由衣なのだ。

房吉は知った。

十年程前の甲府で何があったのか……。

房吉は眉をひそめた。

柳森稲荷は参拝客が出入りし、鳥居前の空き地の古着屋、古道具屋、七味唐辛子売りには冷やかし客が行き交っていた。

嘉平は、江戸のはぐれ忍びの者たちに盗人忍びに警戒するように触れを廻した。

そして、主だったはぐれ忍びの者に柳森稲荷に現れる盗人忍びを見張らせた。

嘉平は、いつもの通りに葦簀掛けの飲み屋を開けていた。

良い度胸だ……。

店を閉めて隠れず、商売を続けて盗人忍びの眼を惹《ひ》き付け、誘《おび》き寄せるつもりなのだ。

左近は苦笑した。

刻は過ぎた。

柳森稲荷の境内や空き地に出入りする人たちの中には、見掛けない浪人や遊び人風の男たちがいた。

はぐれ忍びの者たちは、様々な形《なり》をして柳森稲荷の境内と空き地に散り、それとなく警戒を続けていた。

嘉平は、葦簀掛けの飲み屋で客の相手をしていた。

横にある縁台には人足や浪人たちが腰掛け安酒を楽しんでいた。

二人の浪人が、葦簀掛けの飲み屋に向かって行った。

縁台に腰掛けていた人足は、それとなく葦簀掛けの飲み屋に向き直った。

警戒しているはぐれ忍びは、人足と同じように臨戦態勢を取った筈だ。

左近は見守った。

二人の浪人は、葦簀掛けの屋台に入り、嘉平に酒を頼んだ。

嘉平は、二つの湯呑茶碗に安酒を満たし始めた。

刹那、二人の浪人が苦無を抜いて嘉平に襲い掛かった。

嘉平は、屋台の下に素早くしゃがみ込んだ。

次の瞬間、人足たちと警戒をしていたはぐれ忍びは、一斉に葦簀掛けの飲み屋に手裏剣を投げた。

多くの手裏剣が、葦簀を破って二人の浪人の五体に吸い込まれた。

二人の浪人は、手裏剣を全身に浴びて大きく仰け反り、絶命した。

人足たちはぐれ忍びは、葦簀掛けの飲み屋に駆け込み、斃れた二人の浪人を抱きかかえて裏に出た。

嘉平が嘲笑を浮かべ、屋台の下から立ち上がった。

葦簀掛けの飲み屋の裏は、神田川の河原だ。

人足たちはぐれ忍びは、絶命した二人の浪人を河原に運び出した。そして、既に掘ってあった穴に二人の浪人の死体を埋めた。

嘉平は、何事もなかったかのように湯呑茶碗に満たした安酒を樽に戻した。

人足たちはぐれ忍びは、縁台などに戻って何気ない素振りで再び警戒態勢に入った。

僅かな刻の出来事だった。

柳森稲荷の参拝客や露店の冷やかし客は気が付かず、いつもの通りだった。

あっさりしたものだ……。

左近は、はぐれ忍びの手際の良さに感心し、苦笑した。


料理屋『江戸川』の奥座敷には、三味線の爪弾《つまび》きが微かに洩れて来ていた。

「二人が戻らない……」

吉右衛門は、喉を鳴らして茶を飲んだ。

「はい。柳森稲荷の嘉平を始末しに行ったのですが……」

郡兵衛は、困惑を浮かべた。

「消されたな……」

吉右衛門は読んだ。

「消された……」

郡兵衛は眉をひそめた。

「うむ。相手は江戸のはぐれ忍びを束ねる嘉平だ。油断はあるまい……」

吉右衛門は苦笑した。

「くそ……」

郡兵衛は、苛立《いらだ》ちを滲ませた。

「それより郡兵衛。幸徳寺の碁石金は如何《いかが》致した」

吉右衛門は尋ねた。

「それが、寺男の彦八、茶店で逢ったきり、繋《つな》ぎを寄越《よこ》さないのです」

「繋ぎを寄越さない……」

吉右衛門は眉をひそめた。

「はい……」

「郡兵衛、急ぎ彦八の居場所を突き止めるのだな」

吉右衛門は、厳しい面持ちで命じた。

「はっ。では……」

郡兵衛は、一礼して奥座敷から出て行った。

「おまき……」

吉右衛門は、次の間に声を掛けた。

「はい……」

次の間の襖《ふすま》が開き、粋《いき》な形《なり》をした旅籠『音羽屋』の女将のおまきが現れた。

「どう見る……」

「盗人忍びの郡兵衛には荷が重いでしょう」

おまきは微笑んだ。

「ならば急ぎ、猿《まし》の宗平《そうへい》を呼べ……」

吉右衛門は命じた。


旅籠『音羽屋』から郡兵衛が現れ、編笠を被って江戸川橋に向かった。

斜向かいの蕎麦屋から左近が現れ、郡兵衛を追った。

郡兵衛は、足早に江戸川橋を渡った。

どうした……。

左近は、郡兵衛の速い足取りが僅かに乱れ、焦っているのを感じた。

何かがあった……。

左近は睨み、慎重に尾行《つけ》た。

不忍池に落葉が舞い落ち、小さな波紋が広がっていた。

郡兵衛は、不忍池の畔を急いだ。

左近は追った。

行く手に古い茶店が見えた。

郡兵衛は、古い茶店に足早に向かった。

行き先は古い茶店……。

左近は気が付き、雑木林に駆け込んだ。


左近は、雑木林を駆け抜け、古い茶店に近付いて店内を窺った。

「えっ。彦八かい……」

古い茶店の老婆は眉をひそめた。

「うむ。彦八は何処にいるか知っているか……」

郡兵衛は、老婆に迫った。

「ああ。知っているけど……」

老婆は、狡猾《こうかつ》な笑みを浮かべて郡兵衛に掌《てのひら》を差し出した。

「何処だ。婆さん、彦八は何処にいる……」

郡兵衛は、老婆に苦無を突き付けた。

「や、谷中の京仙寺だよ」

老婆は恐怖に震え、声を引き攣《つ》らせた。

「谷中の京仙寺……」

「ああ……」

「嘘偽りはないな……」

「彦八の事で嘘なんか吐《つ》くもんか……」

老婆は嘲笑した。

「ならば、退け……」

郡兵衛は、老婆を突き飛ばして茶店を走り出た。

古い茶店を走り出た郡兵衛は、谷中の京仙寺に走った。

彦八の処《ところ》……。

そして、郡兵衛は彦八が殺され、碁石金が盗まれた事を知る。

で、郡兵衛はどうする……。

左近は、それを見定める為、郡兵衛を追った。

谷中の古寺『京仙寺』は、静寂の中に沈んでいた。

郡兵衛は、荒れた境内を駆け抜けて庫裏に急いだ。

左近は、追って現れて庫裏に向かった。


「死んだ……」

郡兵衛は愕然《がくぜん》とした。

「うむ。何故だか分からぬが、彦八、首の骨を折ってな……」

老住職は、囲炉裏端に座って困惑に顔を歪《ゆが》めた。

「首の骨を折った……」

何者かが、彦八の首の骨を圧《へ》し折《お》った……。

郡兵衛は読んだ。

「うむ。漸く新しい寺男を雇ったのに……」

老住職は、落胆していた。

「それで和尚。彦八の死体は……」

「此処は寺だ。裏の墓地に手厚く葬った。南無阿弥陀仏《なむあみだぶつ》……」

「葬った……」

「うむ……」

碁石金はどうした……。

郡兵衛は焦った。

「では、彦八の荷物は……」

「そこにある柳行李が一つ……」

老住職は、隅に置いてある柳行李を示した。

郡兵衛は、柳行李の許に行き、縛ってある真田紐《さなだひも》を解いた。そして、柳行李の蓋《ふた》を開けた。

柳行李の中には、下帯、襦袢《じゆばん》、着物など衣類と苦無、問外《といかき》、刃曲《はまがり》などの忍び道具が入っているだけで碁石金はなかった。

「彦八の荷物はこれだけだな……」

「左様……」

老住職は頷いた。

「おのれ……」
何者かが彦八を殺し、碁石金を奪い取ったのだ。
それは日暮左近なのか……。
郡兵衛は読んだ。
庫裏から郡兵衛が現れ、腹立たし気な足取りで『京仙寺』の山門に向かった。
左近が物陰から現れ、郡兵衛を追った。
郡兵衛は、谷中の古寺『京仙寺』を出て東叡山寛永寺《とうえいざんかんえいじ》の裏手に向かった。
左近は尾行た。
郡兵衛は、寛永寺の裏になる上野《うえの》の山の雑木林に進んだ。
何処に行く……。
左近は追った。
雑木林には、幾筋もの斜光が差し込んでいた。
郡兵衛は、尚も雑木林の奥に進んだ。

誘っている……。

郡兵衛は、左近を寛永寺裏の雑木林に誘っているのだ。

おそらく、彦八を殺して碁石金を奪ったのは日暮左近だと睨み、見張っていると読んだのだ。

左近は苦笑した。

郡兵衛は、立ち止まって振り返った。

「やあ……」

左近は、隠れずに姿を晒した。

「日暮左近……」

郡兵衛は、殺気を露《あら》わにして左近を睨みつけた。

「盗人忍びの郡兵衛……」

「おのれ。彦八を殺し、碁石金を奪ったな」

「郡兵衛、碁石金をどうする気だった」

「黙れ、碁石金は何処にある……」

郡兵衛は、左近に手裏剣を投げた。

左近は躱した。

郡兵衛は、猛然と左近に斬り掛かった。

左近は、無明刀を抜いて応戦した。

煌めきが瞬《また》き、刃が嚙み合った。

「碁石金、誰に売り捌くつもりだった……」

左近は押した。

「碁石金は何処だ……」

郡兵衛は、必死に斬り結んだ。

左近は、無明刀を鋭く斬り下げた。

郡兵衛の刀は両断され、鋒《きつさき》が甲高い音を響かせて飛んだ。

「此れ迄だ、郡兵衛……」

左近は、郡兵衛に迫った。

「おのれ……」

郡兵衛は、左近に抱きつこうとした。

火薬の臭いが微かにした。

危ない……。

左近は、郡兵衛に横薙《な》ぎの一刀を浴びせ、大きく跳び退いた。

郡兵衛は、胸元に横薙ぎの一刀を浴びて片膝をついた。

左近は、咄嗟に伏せた。

次の瞬間、郡兵衛は爆発した。

郡兵衛は、左近を道連れに自爆しようとして失敗した。

左近は、盗人忍びの郡兵衛の死を見届けた。

郡兵衛は滅んだ。

最期《さいご》に忍びとしての意地を見せて……。

左近は、跡形もなく消えた郡兵衛に手を合わせた。

郡兵衛が自爆し、碁石金をどうするつもりだったのか、知る者はまた一人消えた。

残る手立ては、郡兵衛が碁石金の一つを渡したお由衣との拘わりだ。

お由衣と黒沢兵衛は、渡された碁石金をどうするつもりなのか……。

左近は、想いを巡らせた。

黒沢兵衛は、書画骨董の目利きであり、碁石金などを買い集めている好事家《こうずか》を知っているのかもしれない。

碁石金を高値で売り捌く……。

だが、黒沢兵衛とお由衣は、金を儲《もう》ける為だけで郡兵衛と手を組むとも思えない。

ならば、金儲けの他に理由はあるのか……。

仇討ち……。

左近は、お由衣が神田八つ小路で長野家家臣の島村清一郎を刺し殺した時に放った言葉を思い出した。

風が吹き抜け、雑木林の梢が音を鳴らして揺れた。

四

燭台《しょくだい》の火は瞬いた。

左近は、葦簀掛けの飲み屋で嘉平や十蔵に盗人忍びの郡兵衛が自爆した事を報せた。

「そうか、郡兵衛、自爆したか……」

嘉平は、吐息混じりに告げた。

「うむ……」

　左近は頷いた。

「その所為《せい》か、盗人忍びと思われる奴ら、姿を消したようだ」

　十蔵は、葦簀の向こうの空き地の闇を透かし見た。

「盗人忍び、江戸のはぐれ忍びに恐れをなしたかな……」

　嘉平は、嘲りを浮かべた。

「嘉平の父っつあん、江戸川の吉右衛門の正体が分からない限り、そいつは何とも云えぬ」

　左近は眉をひそめた。

「うむ。そうだな……」

　嘉平は、厳しい面持ちで頷いた。

「ならば、盗人忍び、態勢を整えて再び攻めて来るか……」

　十蔵は読んだ。

「おそらく。今迄より、厳しい攻めを見せるだろう」

　左近は読んだ。

「よし。十蔵、皆に油断は禁物《きんもつ》だと触れを廻せ……」

「心得た……」

十蔵は頷き、葦簀掛けの飲み屋から出て行った。

「で、吉右衛門の正体か……」

「うむ。何者なのか……」

「よし。そいつは、俺たちが突き止める……」

嘉平は、笑みを浮かべた。

「うむ。だが、決して無理はするな」

「心配するな。で、そっちはどうする」

「うむ。郡兵衛は碁石金をどうするつもりだったのか探ってみる……」

左近は告げた。

旗本の隠居、黒沢兵衛は長い小普請組暮らしの中で一度だけ甲府勤番支配組頭の役目に就いていた。

左近は、房吉から知らされていた。

「甲府勤番支配組頭ですか……」

「ええ……」

房吉は頷いた。

「して、黒沢兵衛は二年間、甲府にいて御役御免になり、当時七、八歳程のお由衣を伴って帰って来ましたか……」

「ええ。そいつが今から七、八年前。碁石金は甲州金……」

房吉は告げた。

「七、八年前、甲府勤番で何かがあったようですか……」

左近は読んだ。

「ええ。で、お由衣さんの素性は、その何かと拘わりがありますか……」

房吉は、左近を見詰めた。

「きっと……」

左近は頷いた。

「ですが、何と云っても江戸から遠く離れた甲府での話、思うようには……」

房吉は首を捻った。

「七、八年前、甲府で何があったのか……」

彦兵衛は眉をひそめた。

「ええ。甲府に走って調べるのは容易《たやす》い事ですが、盗人忍びの出方が気になり、江戸から離れる事が出来ません。江戸で調べる手立てはありませんか……」

左近は、彦兵衛に訊いた。

「分かりました。七、八年前、甲府勤番だった旗本御家人、急いで捜してみましょう」

彦兵衛は頷いた。

「そうしてもらえれば助かります」

左近と房吉は頷いた。

「ええ……」

「それから、私はお由衣に逢ってみます」

左近は告げた。

「左近さんがお由衣さんに……」

「ええ。実は、お由衣とは一度逢った事があるのです」

左近は告げた。

「お由衣さんと……」

房吉は戸惑いを浮かべた。

「ええ。過日、神田八つ小路でお由衣が旗本長野家家中の者と争いになり、刺し殺したところに偶々《たまたま》出遭いましてね。駆け付けた長野家家中の者共が私に襲い掛かって来たので、斬り棄てました……」

左近は告げた。

「ああ。あの一件、やはり左近さんの……」

彦兵衛は気が付いた。

「ええ。あの時、私はお由衣に拘わりなく、降り掛かった火の粉を振り払った迄……」

左近は、静かに云い放った。

「そうだったのですか……」

彦兵衛は頷いた。

「それにしても、運の悪い奴らですね」

房吉は苦笑した。

「その時、お由衣は手に掛けた武士を仇の片割れと云いましてね……」

「仇の片割れ……」

彦兵衛は眉をひそめた。

「ええ……」

「そういえば、旗本の長野監物さま、佐渡奉行や甲府勤番支配などをされていましたね」

彦兵衛は頷いた。

「そう聞いています」

左近は、小さな笑みを浮かべて頷いた。

不忍池の畔には、散策者が僅かに行き交っていた。

左近は、不忍池の畔を茅町二丁目に進み、板塀に囲まれた家の木戸門の前に佇んだ。

板塀に囲まれた家は、静けさに覆われていた。

左近は窺った。

不審な気配は感じ取れない。

よし……。

左近は、板塀に囲まれた家の木戸門に向かった。

板塀の木戸門が開き、前掛けをしたお由衣が箒《ほうき》を手にして出て来た。

お由衣……。

左近は、立ち止まった。

お由衣は、左近に気が付いて怪訝《けげん》な眼を向けた。

「やあ……」

左近は笑い掛けた。

「あっ……」

お由衣は、左近が誰か分かったのか、小さな声を上げた。

「此の家の者だったのか……」

左近は惚けた。

「は、はい。過日はお世話になりました」

お由衣は、頭を下げて礼を述べた。

「いや。それより、目利きの黒沢兵衛さんは御在宅か……」

「はい。何か……」

「うむ。郡兵衛が死んだのでな……」

左近は、お由衣を見据えて告げた。

「えっ。郡兵衛さんが……」

お由衣は驚いた。

「うむ。郡兵衛は目利きの黒沢兵衛さんと繋ぎを取っていたと聞いてな。後を引き継いだ者として、どうなっているかと……」

左近は笑い掛けた。

「そうでしたか。ならば、直ぐに黒沢の小父《おじ》さまにお取り次ぎを致します。お名前は……」

お由衣は、左近を見詰めた。

「うむ。私は日暮左近……」

左近は告げた。

座敷の外の庭は手入れがされていた。

「どうぞ……」

お由衣は、左近に茶を差し出した。

「忝《かたじけな》い……」

左近は、茶を飲んだ。

茶は高い値の物ではないが、丁寧に淹れられていて美味《うま》かった。そして、それは黒沢兵衛とお由衣の穏やかな暮らしを告げていた。

「お待たせ致した……」

総髪の初老の侍が現れた。

「黒沢兵衛です。日暮左近どのですか……」

黒沢兵衛は、左近に笑い掛けた。

「はい……」

「郡兵衛が亡くなったそうですな」

黒沢は、左近を見据えた。

「はい。郡兵衛とはどのような……」

左近は尋ねた。

「郡兵衛は、此の碁石金を私の処に持ち込んで来ましてね」

黒沢は、袱紗《ふくさ》に包んだ碁石金を見せた。

「して、郡兵衛は……」

左近は、黒沢に話を促した。

「此の碁石金と同じ物が十個あるのだが、高値で買い取ってくれる好事家はいないか、捜してくれないかと……」

「高値で買い取ってくれる好事家ですか……」

「うむ。で、此の碁石金を見本として渡してきた」

黒沢は告げた。

「して、碁石金を高値で買い取ってくれる好事家、いたのですか……」

左近は、黒沢を見詰めた。

「うむ。いない事もないのだが、未だ……」

黒沢は、言葉を濁した。

「そうですか……」

「して、日暮どの、郡兵衛があると云っていた十個の碁石金は、本当にあるのですかな」

黒沢は眉をひそめた。

「あります」

左近は頷いた。

「ある……」

黒沢は眉をひそめた。

「はい。此処に……」

左近は、懐から革袋を取り出した。

黒沢とお由衣は、革袋を見詰めた。

左近は、懐紙を広げて革袋の中の碁石金を出した。

十個程の碁石金が光り輝き、懐紙の上に転がった。

黒沢とお由衣は、眼を瞠《みは》った。

「本物かどうか、検めて下さい」

左近は勧めた。

「うむ。ならば……」

黒沢は、光り輝いている碁石金の一つを手に取って見廻し検めた。

お由衣は見守った。

黒沢は、脇差の小柄《こづか》を抜いて碁石金に突き刺し、付いた小さな傷を検めた。

小さな傷も金色に光り輝いた。

「間違いない、碁石金ですな」

黒沢は、検めた碁石金を懐紙の上に戻して吐息混じりに告げた。

お由衣は、微かに喉を鳴らした。

「はい。ならば、此の碁石金、高値で買い取ってくれる好事家、引き続き捜しては戴けませんか……」

左近は、黒沢に笑い掛け、懐紙の上の碁石金を革袋に戻した。

「分かりました。碁石金を高値で買い取ってくれる好事家、引き続き、捜してみましょう」

黒沢は引き受けた。

「忝い……」

左近は微笑んだ。

「ところで日暮どの……」

「はい……」

「過日、お由衣をお助け下さったとか……」

黒沢は、左近を見詰めた。

「ああ。あれは、相手が私をお由衣どのの仲間と勝手に思い込み、傍若無人《ぼうじゃくぶじん》に襲い掛かって来たので斬り棄てた迄の事。助けた訳ではありません……」

左近は告げた。

「そうですか……」

黒沢は苦笑した。

「碁石金を高値で買い取ってくれる好事家捜し、宜しくお願いします。又、お伺いします」

左近は座を立った。

「では……」

左近は、見送る黒沢とお由衣に会釈をして不忍池の畔を帰って行った。

「お気を付けて……」

お由衣は見送った。

「お由衣、ちょいと出掛ける……」

黒沢は、お由衣に告げて家に戻った。

「は、はい……」

お由衣は、黒沢を追って家に入って行った。

不忍池は日差しに煌めいた。

左近が、畔の木陰に現れた。

柳森稲荷の鳥居前の空き地には、古着屋、古道具屋、七味唐辛子売りが店を開き、参拝帰りの客が冷やかしていた。

十蔵たちはぐれ忍びは、人足、職人、お店者《たなもの》、浪人などに次々と形《なり》を変え、交替で盗人忍びの警戒に就いていた。

嘉平は、葦簀掛けの飲み屋から現れ、掃除をしながら辺りを窺った。

手拭いで頰被りをした人足が、縁台に腰掛けて湯呑茶碗の酒を啜っていた。

「盗人忍びと思われる者、今のところ、いませんぜ……」

人足は、湯呑茶碗の酒を啜りながら報せた。

「そうか、ご苦労さん。相手は狡《こす》っ辛《から》い盗人だ、決して油断するなよ」

嘉平は、掃除をしながら頰被りの人足に囁いた。

柳森稲荷には参拝客が行き交った。


庭に面した明るい座敷には、三味線の爪弾きが流れて来ていた。

料理屋『江戸川』の主の吉右衛門は、縁側に座って明るい庭を眺めていた。

「お頭《かしら》……」

旅籠『音羽屋』の女将のおまきが、座敷に入って来た。

「何用だ、おまき……」

「はい。猿の宗平さん、遅いですね……」

おまきは眉をひそめた。

「おまき、猿の宗平なら既に動いている」

吉右衛門は苦笑した。

「えっ。そうなんですか……」

おまきは驚いた。

「うむ。ところでおまき、郡兵衛は戻ったか……」

吉右衛門は尋ねた。

「それが、未だ……」

おまきは、困惑を浮かべた。

「そうか……」

吉右衛門は、厳しい面持ちで頷いた。

「郡兵衛、まさか……」

おまきは緊張した。

「おそらく、そのまさかだろう……」

吉右衛門は苦笑した。

「お頭……」

「うむ。郡兵衛、既に此の世にはおらぬ」

吉右衛門は睨んだ。

「おのれ、何者が……」

「おそらく、はぐれ忍びの日暮左近……」

「日暮左近……」

「おまき、郡兵衛が扱っていた碁石金の売り捌きはどうなっている」

「黒沢兵衛って目利きに高値で買い取ってくれる好事家を捜してもらっていましたが……」

おまきは告げた。

「よし。その目利きの黒沢兵衛、探ってみろ」

吉右衛門は命じた。


不忍池の畔から明神下の通りを抜け、神田川に架かっている昌平橋を渡ると神田八つ小路だ。

黒沢兵衛は、神田八つ小路から備後《びんご》国福山《ふくやま》藩江戸上屋敷と丹波《たんば》国篠山《ささやま》藩江戸上屋敷の間の道を進んだ。

左近は、慎重に尾行た。

黒沢は、落ち着いた足取りで大名屋敷の間を進んだ。そして、豊後国府内藩江《ぶんごふない》戸上屋敷の前から山城国淀藩江《やましろよど》戸上屋敷の前に進んだ。

左近は追った。

黒沢は、淀藩江戸上屋敷の前から錦《にしき》小路に曲がった。

まさか……。

左近は、黒沢の行き先を読み、微かな戸惑いを浮かべた。

黒沢は、錦小路を内濠《うちぼり》に進んだ。

左近は尾行た。

黒沢は、連なる旗本屋敷の前を進み、或る旗本屋敷の前に佇んだ。

左近は、土塀の陰から見守った。

黒沢は、旗本屋敷の閉められた表門脇の潜り戸を叩いた。

潜り戸が開き、中間《ちゅうげん》が顔を見せた。

黒沢は、中間に何事かを告げた。

中間は、黒沢を屋敷内に招き入れて潜り戸を閉めた。
左近は見届けた。
やはり、長野監物の屋敷だ……。
左近は、黒沢兵衛が入った旗本屋敷が長野監物の屋敷だと知った。
黒沢は、何用あって長野監物の屋敷に来たのだ。
さあて、どうする……。
左近は、長野監物の屋敷を眺めた。

第三章　生きる屍

一

長野監物の屋敷は、他の旗本屋敷同様に警備は緩《ゆる》かった。

左近は、長野屋敷の横手に廻り、地を蹴って長屋塀《ながやべい》の屋根に跳んだ。

長屋塀の内側には、作事《さくじ》小屋や納屋《なや》があった。

左近は、作事小屋の屋根に跳び、長野屋敷の中を見廻した。

屋敷内では下男や中間《ちゅうげん》たちが仕事をしており、家来の姿は見えなかった。

おそらく黒沢兵衛は、表《おもて》御殿の書院に通される……。

左近は読み、下男や中間たちが姿を消したのを見計らい、作事小屋の屋根から跳び下りて内塀を跳び越えた。

左近は、内塀を跳び越えて表御殿の庭の隅に降りた。そして、庭の隅の植え込み伝いに進み、書院を探した。

連なる座敷の隅に書院はあり、黒沢兵衛が座っていた。

左近は、庭に誰もいないのを見定め、書院の隣の座敷に素早く忍び込んだ。

隣の座敷に忍び込んだ左近は、隅の鴨居《かもい》に跳び、天井板を手際良く動かして天井裏に忍び込んだ。


天井裏は薄暗くて黴《かび》臭く、蜘蛛の巣と埃《ほこり》に満ちていた。

左近は、埃の積もった梁《はり》の上に上がり、書院に向かって進んだ。

長い間、天井裏に入った者はいない……。

左近は、積もった埃を読みながら書院の天井にやって来た。そして、梁に両脚を絡んで逆さになり、天井板に苦無《くない》の先で小さな穴を開け、覗き込んだ。

眼下の書院に黒沢兵衛の姿が見えた。

「お待たせ致しました。当家用人の小林平内《こばやしへいない》どのが参りました」

取り次ぎの家来が告げ、用人の小林平内が入って来た。

「暫《しばら》くですな、黒沢どの……」

「ええ。小林どのにもお変わりなく……」

黒沢と小林は、挨拶を交わした。

左近は、二人が知り合いなのを知った。


「して、黒沢どの、御用とは……」

小林は、黒沢を見詰めた。

「うむ。長野さまは、未だ碁石金を集められているのかな……」

黒沢は尋ねた。

「はい。相変わらず……」

小林は苦笑した。

「ならば……」

黒沢は、懐から袱紗《ふくさ》を出して解き、碁石金を見せた。

「ほう。碁石金ですか……」

「左様。隠居し、書画骨董の目利きを生業《なりわい》としている某《それがし》の許に真の碁石金かどうか目利きをしてくれと持ち込まれましてな」

「本物なのですか……」

「如何《いか》にも、真の碁石金です」

「ほう。して……」

「碁石金、他にも十個程あります」

「十個。出処は……」

「そいつが、如何にも筋が悪い……」

「筋が悪い……」

「ええ。どうやら昔、盗賊が盗み、或る寺に隠していた物らしく、見付けたところで公に使う事は出来ず、高値で買い取ってくれる方を捜していましてな」

黒沢は苦笑した。

「それで、我が殿に……」

「如何にも。長野監物さま、碁石金を集める稀代《きたい》の好事家《こうずか》なのを思い出しましてな」

黒沢は微笑んだ。

「それはそれは……」

小林は、袱紗の上で光り輝く碁石金を見詰めた。

「で、小林どの、長野さまに取り次いでは戴けぬかな……」

黒沢は頼んだ。

「取り次ぐのは容易《たやす》いが……」

小林は眉をひそめた。

「碁石金、十個を長野さまに買い取って戴ければ、二、三個残りましてな……」

黒沢は、小林に笑い掛けた。

「二、三個残る……」

「ええ……」

「分かりました。殿への取り次ぎ、お引き受け致しましょう」

小林は、狡猾な笑みを浮かべた。

「忝《かたじけな》い……」

黒沢は苦笑した。

黒沢兵衛は、旗本長野監物に碁石金の買い取りを頼んだ。

左近は知った。

黒沢は、単に碁石金を好む好事家としての長野監物に売り込んだのか……。

左近は読み、お由衣が仇の片割れと云ったのを思い出した。

ならば、他に狙いがあるのか……。

左近は眉をひそめた。


長野屋敷の潜り戸が開き、黒沢兵衛が用人の小林平内に見送られて出て来た。

「では……」

黒沢は、小林と挨拶を交わして来た道を戻り始めた。

小林は屋敷内に戻り、中間が潜り戸を閉めた。

左近が長屋塀の路地から現れ、黒沢を追った。


神田八つ小路には多くの人が行き交っていた。

黒沢兵衛は、駿河台《するがだい》から神田八つ小路を抜けて昌平橋を渡り、明神下の通りに進んだ。

不忍池の畔、茅町二丁目の家に帰る……。

左近は読み、尾行を止めて遠ざかって行く黒沢を見送った。

柳原通りに風が吹き抜け、柳並木の緑の枝葉が揃って揺れた。

左近は、神田八つ小路から柳森稲荷にやって来た。

柳森稲荷には参拝客が出入りしていた。

左近は、出入口に佇み、柳森稲荷の参拝客と空き地の古着屋、古道具屋、七味唐辛子売りの客を眺めた。

客の中には、はぐれ忍びらしき者たちがそれとなく警戒に就いていた。

盗人忍びはいるか……。

左近は、柳森稲荷の鳥居を潜って境内に出入りする者に微かな殺気を放った。

反応があった……。

微かな殺気に反応した者がいたのだ。

左近は、反応した者を捜した。

参拝客が行き交った。

その奥で、老百姓が菅笠《すげがさ》を被り、しゃがみ込んで草鞋《わらじ》の紐を直していた。

あの老百姓か……。

左近は、再び微かな殺気を放った。

老百姓は、草鞋の紐を直し終え、傍らに置いてあった空籠《からかご》を肩にし、何事もなかったように立ち上がった。

微かな殺気に対する反応はない……。

左近は、僅かな戸惑いを覚えた。

老百姓は、穏やかな面持ちで境内を出た。左近は、老百姓を見送った。

老百姓は、空き地の古道具屋の前にしゃがみ込み、土瓶《どびん》を手にして亭主と楽し気に言葉を交わし始めた。

左近は見守った。

気になる古道具があったのか、老百姓は亭主と楽し気に話し込んでいた。

違った……。

微かな殺気に反応したのは、老百姓ではなく他の者だったのかもしれない。

只の勘違いだったのか……。

それとも……。

左近は辺りを見廻し、奥の葦簀掛けの飲み屋に向かった。

傍の縁台には、安酒を楽しむ者はいなかった。

「おう。いらっしゃい……」

嘉平は迎えた。

「静かなようだな……」

「ああ。盗人忍び、江戸のはぐれ忍びに恐れをなしたのかな……」

嘉平は笑った。

「そんな殊勝《しゅしょう》な奴らじゃあない……」

左近は苦笑した。

「じゃあ、次に襲う仕度をしているのかな」

嘉平は読んだ。

「うむ。吉右衛門、次は盗人忍びじゃあない奴らを使うかもしれぬ」

「盗人忍びじゃあねえ奴らか……」

嘉平は眉をひそめた。

「うむ。もしそうなら、吉右衛門の正体が分かるかもしれぬ」

「よし。今夜は厳しくするか……」

「うむ……」

左近は頷いた。

「で、碁石金の方はどうした……」

嘉平は話題を変えた。

「黒沢兵衛、旗本の長野監物の屋敷に碁石金の売り込みに行った」

「長野監物の屋敷……」

「ああ……」

「さあて、何が出て来るか……」

嘉平は笑った。

「うむ……」

左近は、葦簀越しに連なる露店を眺めた。

老百姓の姿は、既に古道具屋の前からいなくなっていた。

左近は、何故か老百姓が気になった。

陽は大きく西に傾いた。


不忍池の畔には、散策を楽しむ者がいた。

黒沢兵衛は、畔の小道をやって来て板塀に囲まれた家に入って行った。

粋な形の年増が、不忍池の畔の木陰から現れた。

おまきだった。

半纏を着た若い男が板塀の陰から現れ、佇んでいるおまきの許に駆け寄った。

「佐助《さすけ》、今のが目利きの黒沢兵衛かい……」

おまきは尋ねた。

「ええ。今、帰ったと家の奥に声を掛けてましたから、間違いないでしょう」

佐助と呼ばれた半纏を着た若い男は、自分の睨みをおまきに報せた。

「そうかい。黒沢兵衛か……」

「はい……」

「じゃあ、佐助。黒沢兵衛を見張るんだよ」

おまきは命じた。

「承知……」

佐助は頷き、板塀に囲まれた家を眺めた。

不忍池に夕陽が煌めいた。

柳森稲荷の拝殿の屋根は、月明かりを浴びて蒼白く輝いていた。

鳥居の前の空き地にある古着屋、古道具屋、七味唐辛子売りは既に店仕舞いをしていた。

葦簀掛けの飲み屋は小さな明かりを灯《とも》し、傍の縁台では二人の人足が安酒を飲んでいた。

亥《い》の刻四つ（午後十時）を報せる寺の鐘の音が響いた。

嘉平は、葦簀掛けの飲み屋を出て、月明かりを浴びている柳森稲荷を眺めた。

「おう。亥の刻四つだ。町木戸《まちきど》が閉まるぞ」

嘉平は、縁台で安酒を飲んでいた二人の人足に声を掛けた。

「おう、そうか。父っつあん、邪魔をしたな」

二人の人足は、安酒を飲み干して慌てて帰って行った。

「ああ、気を付けてな……」

嘉平は見送り、周囲の闇を窺った。

闇は微かに揺れた。

嘉平は、葦簀掛けの飲み屋に入り、葦簀越しに闇を眺めた。

闇に殺気が湧いた。

嘉平は、苦無を握り締めた。

殺気は湧き続け、きな臭さが漂い始めた。

来るか……。
嘉平は、葦簀越しに闇を見据えた。
刹那《せつな》、闇に炎が浮かんだ。
炎は二つ、三つ、四つ、五つに増えた。
そして、五つの炎は一気に迫り、葦簀を破って飛来し、屋台に次々と突き刺さった。
葦簀と屋台が燃え上がった。
火矢《ひや》だ……。
「おのれ、火攻めで来たか……」
嘉平は苦笑した。
炎は踊り、葦簀と屋台を一気に燃やした。
嘉平は、燃え上がる炎に包まれた。
闇から忍びの者が現れ、燃える炎に包まれた葦簀掛けの飲み屋を見守った。
嘉平が燃える飲み屋から逃げ出して来る……。
忍びの者たちは、手裏剣を握り締めて逃げ出して来る嘉平を待った。

葦簀掛けの飲み屋は燃え上がった。

嘉平と思われる人影が、燃える炎の中に崩れ落ちた。

葦簀と屋台で作られた飲み屋は、燃え落ちるのに刻は掛からなかった。

葦簀は灰になり、屋台を燃やす火は消え始めた。

忍びの者たちは、燻《くすぶ》る屋台の燃えた跡に踏み込み、嘉平の亡骸《なきがら》を捜した。

焼け跡に嘉平の死体はなかった。

何処だ……。

何処に消えた……。

忍びの者たちは緊張し、殺気を漲《みなぎ》らせた。

「何処の忍びだ……」

嘉平の嘲りを含んだ声が、燃え落ちた葦簀掛けの飲み屋の奥の河原から闇に響いた。

忍びの者たちは、嘉平の声のした河原の闇に一斉に手裏剣を投げた。

手裏剣は河原の闇を切り裂き、次々に吸い込まれていった。だが、反応はなく、静寂が訪れた。

忍びの者は、周囲の闇を窺って身構えた。

「何処の忍びかは知らぬが、葦簀掛けの飲み屋に付け火とは、忍びの名が泣くな……」

嘉平は、闇の中で嘲笑した。

「黙れ……」

忍びの者たちは、焦り苛立《いらだ》った。

刹那、忍びの者たちの背後の闇から日暮左近が現れた。

忍びの者たちは、左近を素早く取り囲んだ。

「重ねて訊く。何処の忍びだ……」

左近は笑い掛けた。

「黙れ……」

忍びの者の一人が、猛然と左近に仕掛けた。

左近は、無造作《むぞうさ》に無明刀を抜き、仕掛けた忍びの者を真っ向から斬り下げた。

忍びの者は、額を鉢鉄《はちがね》ごと斬り下げられて斃《たお》れた。

残る忍びの者は後退し、左近に向かって一斉に手裏剣を放った。

左近は、地を蹴って夜空に跳んだ。

手裏剣は、左近のいた処を左右から貫いて飛び去った。

左近は、着地して猛然と忍びの者たちに襲い掛かった。
無明刀は、月明かりに蒼白く煌めいた。
忍びの者たちは、手足を斬られて戦闘力を奪われ、次々と闇に退いて行った。
左近は、残る忍びの者たちと対峙した。
「お、おのれ……」
残る忍びの者たちは、退きあげる隙《すき》を窺った。
左近は、残る忍びの者たちに襲い掛かった。
残る忍びの者たちは、必死に左近と斬り結んだ。
左近は、忍びの者の一人の忍び刀を握る腕を斬った。
忍びの者は、刀を落として後退した。
左近は、苦無を投げた。
苦無は回転して飛び、柄が忍びの者の顔面に当たった。
忍びの者は、鼻血を振り撒《ま》いて昏倒《こんとう》した。
左近は、残る忍びの者に向かった。
忍びの者は、煙玉を叩き付けた。
左近は、無明刀を構えた。

白煙が立ち昇った。

左近は、無明刀を構えて白煙から襲い掛かって来るかもしれない忍びの者を待った。

忍びの者は現れず、白煙は次第に薄れていった。

白煙の薄れた河原に忍びの者はいなく、顔面に苦無を受けた忍びの者が気を失って倒れているだけだった。

嘉平が現れ、倒れている忍びの者に駆け寄った。

「気を失っているだけだ……」

左近は、無明刀を一振りして鋒《きつさき》から血を飛ばし、鞘に納めた。

「うむ。逃げた奴らは十蔵が追った」

「うむ。ならば……」

左近は、気を失っている忍びの者を担ぎ上げた。

「こっちだ……」

嘉平は、忍びの者を担いだ左近を闇に誘った。

二

夜の不忍池には月影が蒼白く映《は》えた。

忍びの者たちは、不忍池の畔から根津権現《ねづごんげん》に抜け、千駄木《せんだぎ》に進んだ。

はぐれ忍びの十蔵は追った。


蠟燭《ろうそく》に火が灯された。

嘉平は、附木《つけぎ》の火を吹き消した。

玉池《たまいけ》稲荷の傍の仕舞屋《しもたや》の納屋の地下蔵は黴臭く、板壁と床は湿っていた。

仕舞屋がどういう家なのか、嘉平は告げず、左近も訊く事はなかった。

左近は、気を失っている忍びの者を肩から下ろし、後ろ手に縛りあげて黒い袋を被せた。

嘉平が、大きな水甕《みずがめ》から水を汲《く》み、気を失っている忍びの者に浴びせた。

忍びの者は、気を取り戻し、黒い袋を被せられた闇に激しく狼狽《うろた》えた。

「名は……」

左近は尋ねた。

嘉平は見守った。

「伝内《でんない》……」

忍びの者は、嗄《しやが》れ声を震わせた。

「伝内か。何処の忍びだ……」

左近は尋ねた。

伝内は、口を噤《つぐ》んだ。

「云わぬか……」

左近は、苦無の刃を伝内の喉元に当てた。

伝内は、喉を引き攣《つ》らせた。

「云え……」

左近は、苦無を静かに横に引いた。

伝内の喉元には、血が赤い糸のように浮かんだ。

「何処の忍びだ……」

左近は、再び訊いた。

「い、伊豆谷《いずだに》忍び……」

伝内は、嗄れ声を引き攣らせた。

「伊豆谷忍び……」

嘉平は眉をひそめた。

「料理屋江戸川の主の吉右衛門もか……」

左近は、苦無に力を込めた。

「ああ。俺たちは頭領《とうりよう》に呼ばれ、小頭《こがしら》の宗平さまに率いられて奥伊豆《おくいず》から来た……」

伝内は、項垂《うなだ》れて何もかも吐いた。

「そうか……」

左近と嘉平は知った。

蠟燭の火は瞬《またた》いた。

音羽の料理屋『江戸川』の主の吉右衛門は、伊豆谷忍びの頭領だった。

「それにしても、伊豆谷忍び、大昔に滅んだ筈なのだが……」

嘉平は眉をひそめた。

「そうなのか……」

左近は訊いた。

「うむ。伊豆谷忍び、戦国の世、北条早雲《ほうじようそううん》が相州《そうしゆう》小田原《おだわら》を制した時、伊豆に根付いていた忍びの者共だが、北条の手駒として働いていた風魔一族に根絶やしにされた忍びの一族だと聞く……」

嘉平は告げた。

「既に滅んだ筈の忍びの一族か……」

左近は、戸惑いを浮かべた。

「ああ。そいつが、伊豆谷の奥で細々と続いていた訳だ……」

嘉平は苦笑した。

秩父《ちちぶ》忍びと同じような忍びだ……。

左近は知った。

「で、各流派を抜けて盗人になった忍びの者を束ねて盗人忍びにし、江戸の町を荒し廻らせたか……」

嘉平は読んだ。

「そして今、雑多な盗人忍びの者共では埒《らち》が明かぬと、伊豆谷から宗平という小頭と伝内たち伊豆谷忍びを呼び寄せた……」

左近は睨んだ。

「うむ。で、どうする……」

嘉平は、顔に黒い袋を被せられた伊豆谷忍びの伝内を示した。

「うむ……」

左近は、伝内を当て落とした。

伝内は呻《うめ》き、気を失った。

「吉右衛門の伊豆谷忍びに戻るのも、姿を消すのも、伝内の勝手……」

左近は苦笑した。

「顔の袋を取って放り出すか……」

嘉平は笑った。

「ああ。不忍池の畔にでもな……」

左近は、気を失っている伝内を担ぎ上げた。

千駄木坂下町《さかしたまち》の奥には、緑の田畑が続いて谷戸川《やとがわ》の流れに出る。

その岸辺に古寺があった。

忍びの者たちは、古寺に駆け込んで行った。

はぐれ忍びの十蔵は、見届けた。

古寺の山門には、『経命寺《きようめいじ》』と書かれた古い扁額が掲げられていた。

経命寺……。

十蔵は、経命寺を窺った。

経命寺には、忍びの結界が張られていた。

嘉平の店に火を放った忍びの者共の塒《ねぐら》に間違いない。

十蔵は見定めた。

よし、此れ迄だ……。

十蔵は、緑の田畑に身を翻《ひるがえ》した。

緑の田畑は、月明かりを浴びて煌めいた。


古寺『経命寺』の本堂の不動明王《ふどうみようおう》は、戻って来た忍びの者の報せを聞く小頭の宗平を見下ろしていた。

「おのれ、はぐれ忍びの嘉平……」

小頭の宗平は、皺《しわ》の多い顔を歪《ゆが》めた。

柳森稲荷に現れた老百姓だった。

「小頭の指図通り、葦簀掛けの飲み屋に火を放ち、嘉平が逃げ出して来るのを待ち構えたのですが、飲み屋が焼け落ちても現れず、現れたのは恐るべき遣い手でした」

配下の伊豆谷忍びは告げた。

「そ奴が日暮左近なる者だろう……」

宗平は、皺の多い顔に憎しみを浮かべた。

「日暮左近……」

「うむ。して、その左近に次々と倒され、残った四人が逃げて来たか……」

「はい。伝内も逃げた筈ですが……」

「伝内は戻っておらぬ……」

「ならば、最後に倒されたか、それとも捕えられたか……」

忍びの者は読んだ。

「うむ……」

「ならば、如何《いかが》致しますか……」

「おそらく、はぐれ忍びは我らを撃退したと警戒を緩めている筈……」

宗平は、狡猾な笑みを浮かべた。

左近と嘉平は、気を失っている伝内を不忍池の雑木林に放置した。そして、柳森稲荷の空き地の奥に新たな屋台を置き、葦簀で囲った。

十蔵が戻って来た時、新たな葦簀掛けの飲み屋が出来ていた。

「千駄木は谷戸川の岸辺にある経命寺……」

嘉平は眉をひそめた。

「ああ。逃げた忍びの者共、経命寺に駆け込み、結界を……」

十蔵は報せた。

「張ったか……」

「ああ……」

十蔵は頷いた。

「よし。その経命寺、伊豆谷忍びの塒《ねぐら》に間違いないだろう」

嘉平は見定めた。

「うむ。此《こ》のままでは、伊豆谷忍び、明日の夜、又、襲い掛かって来るかもしれぬ」

左近は読んだ。

「明日の夜、又……」

嘉平は眉をひそめた。

「うむ。手筈を整え、今夜より人数を増やしてな……」

「今夜と明日の夜、二晩続けて襲われるとは思っていなく、油断しているか……」

嘉平は苦笑した。

「うむ……」

左近は頷いた。

「ならば、どうする……」

嘉平は、左近を見詰めた。

「先手を打つ……」

左近は苦笑した。

千駄木は夜明けを迎えた。

左近は、谷戸川の岸辺にある古寺『経命寺』の山門の前に佇み、窺った。

経命寺には結界が張られているが、緩み綻《ほころ》んでいる処があった。

左近は、閉められた山門の屋根に跳んだ。
そして、山門の屋根に跳び、左右の土塀を眺めた。
左右の土塀沿いの植え込みの陰には、結界を張る伊豆谷忍びが蹲《うずくま》っていた。
眠っている者もいる……。
左近は苦笑し、本堂の前の雑草の伸びた境内に跳んだ。
刹那、張られていた結界が大きく揺れた。
左近は、雑草の生えた境内を本堂に走った。
左右から手裏剣が飛来した。
左近は走った。
左右から飛来する手裏剣は、左近の背後を飛び抜けた。
左近は、本堂の回廊に跳び、扉を蹴破って中に転がり込んだ。
伊豆谷忍びが現れ、左近を追って本堂に殺到した。

本堂の中は薄暗かった。
転がり込んだ左近は、素早く立ちあがって撒き菱《びし》を撒き、天井に跳んだ。
伊豆谷忍びの者たちが本堂に雪崩《なだ》れ込んで来た。

次の瞬間、雪崩れ込んで来た伊豆谷忍びは、撒き菱を踏んで次々に蹲った。

左近は、天井板の桟《さん》を伝って本堂の奥に走り、祭壇の背後に跳び下りた。

祭壇に並ぶ仏像の背後に降りた左近は、襲い掛かる伊豆谷忍びを蹴散らし、方丈に続く廊下に走った。

伊豆谷忍びは追った。


方丈の廊下は狭く、連《つら》なる座敷の一つから男が現れた。

男は皺の多い顔をしており、見覚えがあった。

柳森稲荷に現れた老百姓……。

左近は気が付いた。

伊豆谷忍びの小頭の宗平……。

左近は見定め、宗平に向かった。

伊豆谷忍びの者が現れ、左近に殺到した。

左近は、伊豆谷忍びを無明刀で斬り伏せながら宗平に迫った。

狭い廊下に忍び刀の煌めきと、刃の嚙み合う音が響いた。

宗平は、薄笑いを浮かべて座敷に入った。
左近は、伊豆谷忍びを斬り伏せ、蹴散らしながら追った。

左近は、宗平の入った座敷に踏み込んだ。
薄暗い座敷に刃風が鳴った。
左近は、転がって躱《かわ》した。
宗平は、両手に持った忍び鎌を縦横に閃かせた。
左近は、忍び鎌の閃きを躱しながら障子と雨戸を蹴破った。
朝陽が溢れんばかりに差し込んだ。
宗平は、庭に跳び下りた。
左近は、追って庭に跳んだ。

宗平は、左近に間断《かんだん》なく跳び掛かり、両手に持った忍び鎌で斬り付けた。
まるで猿だ……。
左近は、無明刀で宗平の忍び鎌を打ち払った。
宗平のもう一つの忍び鎌が閃き、左近の着物の肩口を斬り裂いた。

左近は、咄嗟に跳び退いた。

宗平は、皺の多い顔に笑みを浮かべた。

「日暮左近か……」

「小頭の宗平だな……」

「先手を打って来るとはな……」

宗平は苦笑した。

「やはり、又襲うつもりだったか……」

「ああ……」

宗平は、左近に忍び鎌を投げた。

忍び鎌は、回転しながら左近に飛来した。

左近は、咄嗟に大きく跳び退いた。

忍び鎌は、回転しながら左近のいた処を飛び抜け、壁に突き刺さった。

左近は、宗平に跳び掛かろうとした。

だが、宗平は既に姿を消していた。

逃げられた……。

左近は苦笑した。

小頭の宗平を始めとした伊豆谷忍びは、経命寺から消え去っていた。

斬り棄てた忍びの者の死体も……。

何《いず》れにしろ、伊豆谷忍びは暫《しばら》く鳴りを潜めるだろう。

左近は読み、経命寺の山門を出た。

千駄木の田畑の緑は、朝陽を浴びて爽やかに煌めいた。


「そうか。はぐれ忍びの嘉平や日暮左近と遣《や》り合ったか……」

料理屋『江戸川』主の吉右衛門は、宗平に冷徹な眼を向けた。

「はい。嘉平の店を焼き落としたところ、日暮左近が千駄木の経命寺を襲い、どうにかあしらいましたが、なかなかの遣い手……」

宗平は、皺だらけの顔を歪めた。

「伊豆谷忍びの猿《ましら》の宗平も感心する程の腕か……」

吉右衛門は苦笑した。

「世間は広い。ましてや諸国の忍びの抜け忍が集まっているはぐれ忍び。思いも寄らぬ奴もいる……」

宗平は、皺を深く刻んで楽し気に笑った。

「宗平、江戸に嘉平たちはぐれ忍びがいる限り、我ら伊豆谷忍びの江戸支配は叶《かな》わぬ。何としてでも、嘉平と日暮左近を斃せ……」

吉右衛門は、冷徹に命じた。

「心得た……」

宗平は、皺だらけの顔に笑みを浮かべて頷いた。

柳森稲荷前の葦簀掛けの飲み屋は、何事もなかったかのように商売をしていた。

左近は、葦簀掛けの飲み屋に嘉平を訪ねた。

「おう……」

嘉平は、いつも通りに迎えた。

左近は、経命寺襲撃の顚末《てんまつ》を告げた。

「そうか、千駄木の経命寺に巣くう宗平たち伊豆谷忍びを追い出したか……」

「いや。追い出したと云うより逃げられた」

嘉平は笑った。

左近は苦笑した。

「宗平、それ程の者か……」

「左様。顔は皺の多い年寄りだが、忍び鎌を巧みに操り、その体術はまるで猿、獣のような奴だ」

左近は、呆《あき》れたように告げた。

「油断はならぬな……」

「うむ。だが、此れで宗平も容易《たやす》く襲って来る事はないだろう。ま、付け込まれぬように警戒するのだな……」

左近は告げた。

「おぬしはどうする……」

「うむ。目利きの黒沢兵衛が碁石金を使って何を企《くわだ》てているのか……」

左近は眉をひそめた。

「うむ。そいつは確かに気になるな……」

嘉平は頷いた。

「先《ま》ずはそいつを突き止める……」

左近は笑った。

不忍池の畔に枯葉が舞った。

左近は、畔を進んで黒沢兵衛の家に向かった。

黒沢家の木戸門前では、お由衣が掃除をしていた。

「やあ……」

左近は声を掛けた。

「あっ、日暮さま……」

お由衣は、左近に気が付き、掃除の手を止めて会釈をした。

「黒沢兵衛どのはおいでかな……」

左近は、笑い掛けた。


畔の木陰から佐助が窺っていた。

お由衣と左近は、家に入って行った。

佐助は、厳しい面持ちで見送った。


「どうぞ……」

お由衣は、左近に茶を差し出した。

「忝《かたじけな》い。戴《いただ》きます」

左近は、茶を飲んだ。

「して、黒沢どの、碁石金に興味を持った好事家はいましたか……」

左近は尋ねた。

「はい。おりました……」

黒沢は、笑みを浮かべた。

「いましたか。それは、何処の何方《どなた》ですかな」

「駿河台は錦小路に住む三千石取りの旗本長野監物さままでです」

黒沢は、茶を啜りながら告げた。

「ほう。旗本の長野監物さまですか……」

「ええ。長野監物さま、好事家の中でも名高い金好み。碁石金の話を持ち込んだところ、昨日、碁石金を検《あらた》め、値について話し合いをしたいと書状を寄越しましてな」

黒沢は、左近に一通の書状を差し出した。

「此の書状ですか……」

「左様。検められるが良い……」

「では……」

左近は、書状を手に取って一読した。

書状には、碁石金を検め、懸念《けねん》がなければ高値で買い取っても良い、と認《したた》められていた。

「成る程……」

左近は頷いた。

「手前は、長野監物さまの云い分はもっともだと思うが……」

黒沢は、左近の出方を窺った。

「ええ。私も構いません。黒沢どのが長野監物さまの屋敷に行く時は、碁石金を持参してお供致します」

左近は告げた。

「そいつはありがたい……」

黒沢は喜んだ。

「何でしたら、碁石金は此処に持参しています。これから行きますか……」

左近は、懐を示して笑った。

「おお。それはありがたい。ならば、これから駿河台は錦小路の長野さまのお屋敷に同道願えますか……」

「良いでしょう。お供します」
左近は頷いた。

三

駿河台の旗本屋敷街は静かだった。
左近と黒沢兵衛は、駿河台錦小路の旗本長野屋敷に向かった。
錦小路の長野屋敷は表門を閉め、静寂に覆われていた。
黒沢は、長野屋敷の潜り戸を叩き、顔を出した中間に名を告げ、取り次ぎを頼んだ。
長野監物とはどのような人物なのか……。
左近は、静かな長野屋敷を眺めた。

黒沢と左近は、取り次ぎ役の家来に誘われて表御殿の書院に通った。
書院の障子は開け放たれ、手入れされた庭が見渡せた。
左近と黒沢は、出された茶を飲んで用人の小林平内が来るのを待った。

「お待たせ致しました。黒沢どの……」

小林平内が入って来た。

「小林どの。此方《こちら》は日暮左近どの、碁石金の持ち主で売手です。日暮どの、此方は水野家ご用人の小林平内どのです」

黒沢は、左近と小林を引き合わせた。

「日暮左近です」

「小林平内です。わざわざのお見え、痛み入ります」

小林は、左近に笑顔を向けた。

「いいえ……」

左近は、小林と挨拶を交わしながら次の間に入って来た人の気配に気が付いた。

「して、黒沢どの、今日は碁石金を持参されたとか……」

小林は尋ねた。

「はい。日暮どのが……」

黒沢は、左近を促した。

「碁石金は此処《ここ》に……」

左近は、懐から碁石金の入った革袋を出した。

「おお……」

小林は、眼を輝かせた。

「此の碁石金、長野さまにお検め戴き、良ければ……」

左近は、小林を見据えて次の間に告げた。

「お幾らかな……」

小林は、喉を鳴らした。

「正真正銘《しょうしんしょうめい》の碁石金が十個。それに珍しい骨董品としての値を合わせて百両では……」

黒沢は、値を付けた。

「百両……」

小林は眉をひそめた。

「よし。ならば、その碁石金、検めよう」

次の間から男の声がし、襖が開いた。

左近と黒沢は、次の間を見た。

小さな白髪髷の肥《ふと》った老人がいた。

「此れは、長野さま……」

黒沢は、平伏《へいふく》した。

老人は長野監物だった。

「うむ。暫くだな、黒沢……」

長野は鷹揚《おうよう》に頷いて、上座に座った。

「殿、碁石金の持ち主の日暮左近どのにございます」

小林は、長野に左近を引き合わせた。

「日暮左近です……」

左近は挨拶をした。

「うむ。長野監物だ。して、日暮とやら、その碁石金、出処は……」

長野は、赤く濁った眼を左近に向けた。

「その昔、蜘蛛の文平と申す盗賊が甲府城の金蔵を破って碁石金を奪い、牛込水道町の幸徳寺の墓地に埋めて隠した。そして過日、幸徳寺の住職の善照さまが見付けましてね。だが、やはり碁石金を狙って幸徳寺に寺男として潜り込んでいた忍び崩れの盗賊の彦八が善照さまを殺して奪い盗った物……」

左近は告げた。

「うむ。五代綱吉さまの御世に甲府城の金蔵が、蜘蛛の文平と申す盗賊に破られ、碁石金が奪われたのは、甲府勤番支配の時に残されていた編年記を読んで知っていたが、やはり、その時に盗まれた碁石金か……」

長野は眉をひそめた。

「如何《いか》にも……」

左近は頷いた。

「そうか。ならば、碁石金を検める必要はあるまい……」

長野は苦笑した。

「殿……」

小林は戸惑った。

「甲府城の金蔵、蜘蛛の文平。出処のはっきりしている碁石金だ。本物に間違いあるまい」

長野は笑った。

「流石《さすが》は長野さま……」

黒沢は笑った。

「して、碁石金、十個で百両か……」

長野は、笑顔で尋ねた。

「はい……」

黒沢は頷いた。

「ならば、渡してもらおう……」

長野は、黒沢と左近に笑い掛けた。

「では、百両を……」

黒沢は、長野を見据えて微かな殺気を放った。

左近は、黒沢の不意の殺気に眉をひそめた。

次の間の襖が開き、家来たちが現れた。

黒沢は、素早く刀を手にして身構えた。

「黒沢兵衛、日暮左近、盗賊が奪った碁石金を百両で売ろうとは、良い度胸だ。碁石金は此の長野監物が没収致し、御公儀に渡す……」

長野は、狡猾な笑みを浮かべた。

家来たちが身構えた。

「成る程、そういう事か……」

左近は苦笑し、無明刀を摑んだ。

「さあ。碁石金を渡せ……」

「十年前と変わらぬな、長野監物……」

黒沢は、薄く笑った。

「何……」

長野は眉をひそめた。

「十年程前、お役目で甲府に来たお前は、地侍《じざむらい》夫婦を騙《だま》してその家に伝わる金《きん》無垢《むく》の観音像を奪い、殺した。その手口と同じ……」

黒沢は嘲笑した。

「黒沢、おのれ……」

長野は、肥った顔を醜く歪めた。

「私はそれを知り、余りの汚さに呆れ、甲府勤番支配組頭としてお前の配下でいる事に嫌気《いやけ》が差し、御役御免を願い出て江戸に戻って隠居した……」

黒沢は、長野を厳しく見据えた。

「その時、甲府から一緒に江戸に出て来たお由衣さんは、殺された地侍夫婦の娘ですか……」

左近は読んだ。

「如何にも。私は一人残された地侍夫婦の子のお由衣を残して来れなかった

「……」

黒沢は告げた。

「そうでしたか……」

左近は、お由衣が長野屋敷を窺い、咎めた家来の島村清一郎を刺し殺し、仇の片割れと云った理由を知った。

お由衣は、長野監物を両親の仇として討ち果たしたいと願い、黒沢は、お由衣に両親の仇討ちをさせてやりたいと思っている。

左近は気付いた。

して、どうする……。

左近は、黒沢の出方を窺った。

「長野監物、今迄にその汚い騙《かた》りで何人の人を泣かして来たのか……」

黒沢は、吐き棄てた。

「黙れ、黒沢。斬れ、斬り棄てい……」

長野は、怒りに声を震わせた。

家来たちが刀を抜き、黒沢と左近に殺到した。

左近は冷笑し、無明刀を抜き打ちに一閃した。

先頭で斬り掛かった家来の刀を握る腕が両断され、天井に飛んで突き刺さった。

天井に突き刺さった刀を握る両腕は、傷口から赤い血を滴らせた。

両腕を両断された家来は、獣のような悲鳴を上げ、血を振り撒いて昏倒した。

小林たち家来は、驚き怯んだ。

黒沢は、眼を瞠《みは》った。

「斬れ、斬れ、斬り殺せ……」

長野は、狂ったように叫んだ。

家来たちは、追い立てられたように黒沢と左近に斬り掛かった。

左近と黒沢は、激しく斬り合った。

黒沢は、家来たちと斬り合い、次々に斬り倒した。

かなりの遣い手だ……。

左近は、黒沢の剣の腕を知った。

家来たちが次々と駆け付け、斬り合いは書院から庭に流れた。

左近は、無明刀を閃かせ、襲い掛かる家来たちの手足の筋を一太刀で斬り、戦闘力を奪った。

黒沢は疲れ、肩を斬られて血を飛ばした。

家来たちは、黒沢に襲い掛かった。

黒沢は、手傷を負いながら必死に応戦した。

此れ迄だ……。

左近は、黒沢を連れて長野屋敷から脱出する事にした。

「黒沢どの……」

左近は、黒沢を助けた。

「日暮どの、私に構わず逃げてくれ」

「そうはいかぬ……」

左近は苦笑し、黒沢を庇《かば》って家来と斬り結びながら庭伝いに表門に向かった。

「逃がすな、殺せ……」

長野は、小さな白髪髷と頬の肉を震わせて怒鳴った。

家来たちは、黒沢を庇って表門に進む左近に追い縋《すが》り、斬り掛かった。

左近は、斬り掛かる家来たちをあしらいながら黒沢を連れて表門に辿《たど》り着いた。

「逃がすな……」

小林が焦った。

家来たちは、刀を翳《かざ》して左近と黒沢に殺到した。

刹那、左近は煙玉を地面に叩き付けた。

白煙が噴き上がった。

家来たちは怯み、大きく後退した。

白煙は広がり、左近と黒沢の姿を覆い隠した。

数人の家来が、広がる白煙に飛び込んだ。

肉を斬る音と短い悲鳴が微かに上がり、静けさが訪れた。

小林たち家来は、固唾《かたず》を呑んで白煙の消えるのを待った。

薄れていく白煙の中に、左近と黒沢はいなかった。

小林たち家来は、表門脇に中間たちが倒れ、潜り戸が開け放たれているのに気が付いた。

「追え……」

小林は怒鳴った。

家来たちは、潜り戸から駆け出した。

だが、長野屋敷の表や錦小路に左近と黒沢の姿は既に見えなかった。

「おのれ……」

小林は、怒りに震えた。

錦小路に行き交う人影はなかった。

向かい側の旗本屋敷の屋根の上には、佐助が緊張した面持ちで見守っていた。


左近は、神田川の流れで黒沢兵衛の肩の傷を洗い、秩父忍び秘伝の傷薬を塗り、晒《さらし》を固く巻いた。

「取り敢えずの手当てだ。出来るだけ早く医者に見せるのだな」

左近は、晒を傷口に巻いて縛《しば》った。

「忝い。日暮どの、おぬし、忍びの心得があるのか……」

黒沢は尋ねた。

「うむ。それより黒沢どの、お由衣さんは両親の仇を討とうとしているのか……」

左近は眉をひそめた。

「仇討ちと云うより、長野監物の悪辣《あくらつ》な行状《ぎようじよう》を暴き、両親が騙し取られた金無垢の観音像を取り戻し、世間の裁きを受けさせたいと願っている……」

黒沢は告げた。

「そうですか……」

左近は頷いた。

「うむ……」

「黒沢どの、茅町の家は長野家の奴らに知られているかもしれぬ、お由衣さんを連れて暫く身を隠した方が良いでしょう」

左近は心配した。

「うむ……」

黒沢は頷いた。

「ならば、急ぎましょう」

左近は、黒沢を促して茅町二丁目の家に急いだ。


「何、日暮左近と黒沢兵衛が、駿河台錦小路の旗本長野監物の屋敷で斬り合っただと……」

料理屋『江戸川』の旦那の吉右衛門は、旅籠『音羽屋』の女将おまきに訊き返した。

「はい。佐助、詳しくお話ししな……」

おまきは、佐助を促した。

「はい。日暮左近、恐るべき忍びなので下手に近付けず、長野屋敷の奉公人に聞いたのですが、黒沢が碁石金を売り込みに行き、長野監物が脅し取ろうとして斬り合いになったといいます。そして、黒沢が斬られ、日暮左近は黒沢を助けて切り抜けた……」

佐助は告げた。

「そうか。旗本の長野監物、噂通りの悪党らしいな……」

吉右衛門は、事態を読んで嘲りを浮かべた。

「はい……」

「ならば佐助、碁石金は未だ日暮左近の手許にあるのだな……」

吉右衛門は尋ねた。

「きっと……」

佐助は頷いた。

「うむ……」

吉右衛門は、狡猾な笑みを浮かべた。

料理屋『江戸川』の座敷には、三味線の爪弾きが洩れて来た。

風が吹き抜け、不忍池の水面に小波《さざなみ》が走った。

黒沢兵衛は、お由衣に事の次第を話して知り合いの屋敷に立ち退いた。

左近は、誰もいなくなった板塀に囲まれた黒沢の家を見張った。

一刻《いっとき》(約二時間)が過ぎた頃、羽織袴の五人の武士がやって来た。

長野家の家来……。

左近は見守った。

五人の長野家の家来は、板塀に囲まれた家を窺い、木戸門を蹴破って侵入しようとした。

左近は、棒手裏剣を放った。

五人の武士の一人が、太股に棒手裏剣を受けて前のめりに倒れた。

残る四人の武士は怯み、激しく狼狽《うろた》えた。

左近は、再び棒手裏剣を投げた。

棒手裏剣は、四人の武士の一人の肩に突き刺さった。

肩に棒手裏剣を受けた武士は、身体を反転させて倒れた。

残る三人の武士は、板塀に囲まれた家に侵入するのを諦《あきら》め、傷付いた二人の武士を助けて来た道を戻り始めた。

どうやら諦めた……。

左近は、帰って行く五人の長野家の家来たちを見送った。

さあて、どうする……。

左近は、事の始末を思案した。

此のまま放っておけば、長野監物は生きている限り、黒沢兵衛とお由衣を狙うだろう。

ならば、やる事は只一つだ。

よし……。

左近は決めた。

夕陽は不忍池を染めた。

亥《い》の刻四つ（午後十時）。

刻を報せる寺の鐘の音が夜空に響き、町木戸は閉められ始めた。

左近は、忍び装束《しようぞく》に身を固めて夜の町を疾走《しつそう》した。
佐助が現れ、充分に距離を取って必死に左近を追った。
左近は、連なる家並みや屋根を闇を巻いて走った。
巻いた闇は尾を曳《ひ》き、足取りは軽かった。
左近は、己の軽い足取りの他に足音があるのに気が付いた。
追って来る足音か……。
左近は、足音の拍子《ひようし》を見定めようと、走り方を変えたりした。
続いて来る足音は、左近の足取りの変化に合わせて変えて来た。
忍び……。
左近は見定めた。
何処の誰だ……。
左近は、連なる家並みの屋根に跳んだ。
追っている筈の左近の足音が、逆に一気に迫って来た。
どうした……。
佐助は戸惑った。

利那、左近が連なる家並みの屋根から跳び掛かって来た。

佐助は躱そうとした。

だが、左近は許さず、佐助の首に素早く腕を巻いて力を込めた。

佐助は、首を締め上げられて仰け反った。

「伊豆谷忍びか……」

左近は、佐助に囁いた。

「ああ……」

佐助は、苦し気に頷いた。

「吉右衛門に命じられての事か……」

「そ、そうだ……」

「そうか。ご苦労だったな……」

左近は、佐助の首に巻いた腕に力を込めた。

佐助は、喉の潰れた音を鳴らして息絶えた。

左近は、佐助の死体を家並の路地に引き摺り込んで隠し、再び夜の町に走り出した。

駿河台錦小路の左右に連なる旗本屋敷は、夜の闇に沈んで寝静まっていた。
長野屋敷の向かい側の旗本屋敷の屋根の上の闇が揺れた。
揺れた闇から左近が浮かんだ。
向かい側の長野屋敷は、暗く静寂に覆われていた。
左近は窺った。
暗い長野屋敷内には、龕灯《がんどう》の明かりが時々揺れた。
用人の小林平内が、家来たちに見廻りをさせている。
左近は読んだ。
昼間の騒ぎの後だ。
小林は、出来る限りの事をしている。
だが、そいつは無駄な事だ……。
左近は苦笑し、旗本屋敷の屋根を駆け下りて軒先を蹴り、夜の闇に大きく跳んだ。
左近は、夜の闇に吸い込まれるように消えた。

四

長野屋敷は、表御殿と奥御殿に分かれており、数人の家来たちが見廻りをしていた。

手薄な警戒だ……。

左近は、長野屋敷の横手の長屋塀の屋根に現れ、屋敷内を窺った。

家来たちの見廻りは、長屋塀と内塀の間を行き交っている。

左近は、見廻りが通り過ぎて行くのを見送り、長屋塀の屋根から跳び下りて内塀を跳び越えた。

左近は、表御殿の庭の植え込みに忍び、連なる部屋を眺めた。

連なる部屋は、家来たちが仕事をしている昼間とは違い、人気《ひとけ》もなく静けさに満ちていた。

左近は、植え込み伝いに奥御殿に走った。

奥御殿には主の一族が暮らしている。

左近は、主の長野監物のいる寝間を探し、奥庭に面した棟に現れた。

奥庭に面した棟は、雨戸が閉められていた。

雨戸の閉められた棟の何処かに、長野監物の寝間がある。

左近は読み、奥庭に面した棟に走り、問外《といかき》で雨戸の猿を外した。そして、雨戸を僅かに開けた。


雨戸の開けられた廊下は、僅かに差し込む月明かりに輝いた。

左近は、廊下に忍び込んで僅かに開けた雨戸を閉めた。

廊下は暗闇に沈んだ。

左近は、暗い廊下に忍んだ。

男の寝息が微かに聞こえた。

よし……。

左近は、微かに聞こえる男の寝息を辿った。

男の寝息は、次第に大きくなった。

左近は、廊下の先を窺った。

廊下の先の座敷から明かりが洩れていた。

左近は忍び寄り、座敷を窺った。

座敷には小さな明かりが灯され、二人の家来が居眠りをしていた。

宿直《とのい》の家来か……。

左近は、二人の家来を宿直と見定めた。

宿直が居眠りしていれば、役には立たない。

役に立たない宿直でもいるとなれば、隣の座敷が主の長野監物の寝間なのだ。

左近は睨み、宿直の家来が居眠りをしている座敷の小さな火に秩父忍び秘伝の眠り薬の粉を振りかけた。

紫煙が上がり、奇妙な臭いが漂った。

宿直の家来は、此れで半刻《はんとき》（約一時間）は目覚めない。

左近は、隣の座敷に進んだ。

男の鼾《いびき》が洩れていた。

此処だ……。

左近は、口元を覆う覆面を下げて冷笑を浮かべた。

寝間は暗かった。

長野監物は、口元を緩め、鼾を掻いて眠っていた。

寝間の隅の闇が揺れ、左近が現れた。

左近は、鼾を掻いて眠っている男が長野監物と見定め、蒲団に上がった。そして、長野の顔を跨《また》いで立った。

長野は、眠り続けた。

左近は、無明刀を静かに抜き放った。

無明刀は鈍色《にびいろ》に輝いた。

左近は、無明刀を長野の顔の上にあげ、鋒《きっさき》を向けて刺し下ろした。

無明刀は闇を斬り裂き、長野の頬を掠《かす》めて敷蒲団に突き刺さった。

長野は眼を覚ました。

左近は、笑みを浮かべて無明刀を長野の顔の上に構えた。

長野は眼を瞠り、肥った顔を恐怖に醜く歪めた。

「動くな。下手に動けば、鋒はその醜い顔に突き刺さる……」

左近は笑った。

長野は蒼ざめた。

左近は、無明刀を突き刺した。

無明刀は煌めき、長野の白髪髷を削《そ》いだ。

長野は、息を呑んだ。

「長野監物、甲府の地侍から騙し取った金無垢の観音像は何処にある」

左近は尋ねた。

「し、知らぬ……」

長野は、嗄《しやが》れ声を震わせて惚《とぼ》けた。

「ならば、思い出させてくれる」

左近は、無明刀を長野の蒼ざめた顔の周りに突き刺した。

鬢《びん》の解《ほつ》れ毛が斬り削がれて舞った。

長野の蒼ざめた顔の周囲に、無明刀の煌めきが間断なく続いた。

長野は、恐怖に眼を固く閉じて顔を歪めた。

「もう一度訊く。金無垢の観音像は何処だ」

左近は囁いた。

「ち、違い棚の戸棚……」

長野は、恐怖に嗄れ声を引き攣らせた。

「嘘偽りはないな」

「ああ……」

「ならば、此れ迄……」

左近は、長野の顔の周囲に無明刀を間断なく刺し続けた。

長野は、無明刀の煌めきに包まれ、蒼ざめた顔を醜く歪めて恐怖の底に沈んだ。

無明刀は煌めき続けた。

長野は、眼を虚《うつ》ろに開け、緩んだ口元から涎《よだれ》を垂らして呻いた。

左近は、無明刀を引いた。

長野は、蒼ざめた顔の頬《ほお》の肉を引き攣らせ、白髪髷や解れ毛を斬り削がれ、眼を虚ろに開けて涎を垂らしていた。

恐怖の余り、頭の中の血脈が切れたのかもしれない。

何《いず》れにしろ、長野の窶《やつ》れ果てた顔は、まるで物《もの》の怪《け》に取り憑《つ》かれた生きる屍《しかばね》のようだった。

左近は、寝間の隅の違い棚に行き、戸棚の中から七、八寸程の古い桐箱を取り出し、蓋《ふた》を開けた。

古い桐箱の中には、五寸程の金無垢の観音像が入っていた。

此れか……。

左近は、観音像を古い桐箱に入れ、網袋に入れて腰に固く結んだ。

頬のこけた蒼ざめた顔、輝きの消えた虚ろな眼、涎を垂らす緩んだ口元……。

長野監物は、表情のない顔で蒲団に横たわっていた。

小便の臭いがした。

おそらく、恐怖の底に叩き込まれて洩らしたのだ。

長野監物は、物の怪に取り憑かれて生きる屍と化した。

それで良い……。

左近は、長野監物に冷ややかな一瞥《いちべつ》を与え、寝間の闇に消え去った。

暗い寝間に小便の臭いが漂った。


神田川には様々な船が行き交った。

柳森稲荷には参拝客が訪れ、古着屋、古道具屋、七味唐辛子売りには客が立ち寄っていた。

左近は、柳森稲荷と露店の並ぶ空き地を窺った。

葦簀掛けの飲み屋の縁台では、仕事に溢れた二人の人足が昼間から安酒を楽しんでいた。

はぐれ忍び……。

そして、伊豆谷忍びらしき者はいない。

左近は、見定めて葦簀掛けの飲み屋に向かった。


「邪魔をする……」

左近は、葦簀を潜った。

「おう……」

嘉平は、笑顔で迎えた。

「伊豆谷忍び、動きはないようだな」

「うむ……」

嘉平は頷き、左近に出す酒の仕度を始めた。

「だが、油断はならぬ……」

「ああ……」

嘉平は、湯呑茶碗に酒を満たして左近に差し出した。

「昨夜、旗本の長野監物、物の怪に取り憑かれて生きる屍になったそうだ」

嘉平は、左近に探る眼差しを向けた。

「物の怪に取り憑かれて生きる屍か……」

左近は苦笑した。

「ああ。今朝から専《もっぱ》らの噂だ……」

「出処は……」

「長野屋敷の奉公人……」

「ならば、信じられるか……」

「ああ。ひょっとしたら牛込水道町の幸徳寺に現れた物の怪の仕業《しわざ》かもな……」

嘉平は読んだ。

「ま、物の怪の仕業だろうが、幸徳寺の物の怪と同じかどうかは分からぬ……」

「そうかな……」

嘉平は笑った。

「して、世間はその噂を何て云っているんだ」

左近は尋ねた。

「長野監物、欲しい物があれば、騙《かた》り紛《まが》いの悪辣《あくらつ》な手立てを使ってでも手に入れる。その罰《ばち》が当たり、物の怪に取り憑かれたと、笑っているよ」

「そうか。して、長野家はどうした……」

「慌てて監物を隠居させ、跡取りを立てようとしているそうだが、目付《めつけ》や評定《ひょうじょう》所《しょ》が監物の評判や噂を聞いてどうするか……」

嘉平は眉をひそめた。

「只《ただ》では済まぬか……」

「ああ、長野家は家禄《かろく》を減らされるかもしれないそうだ。そうなれば、長野家の一大事だ」

嘉平は笑った。

長野家の一大事となると、騙されてお宝を奪われる者は減る。

それで良い……。

左近は笑った。


旗本長野監物は、物の怪に取り憑かれて生きる屍になった……。

噂は広まり、知り合いの屋敷に潜んでいた黒沢兵衛とお由衣の耳にも届いた。

天は悪人を許さない……。

お由衣は喜んだ。

物の怪か……。

黒沢は、修羅《しゅら》の如《ごと》くに斬り合う左近を思い浮かべて苦笑した。


黒沢兵衛とお由衣は、不忍池の畔、茅町二丁目の板塀の廻された家に戻った。

お由衣は、留守にしていた居間や座敷の掃除を始めた。

そして、座敷の文机《ふづくえ》の上に置かれていた七、八寸程の古い桐箱に気が付いた。

お由衣は戸惑い、黒沢を呼んだ。

「どうした……」

黒沢が、怪訝《けげん》な面持《おもも》ちでやって来た。

「文机にこのような桐箱がありましたが、御存知ですか……」

お由衣は尋ねた。

「いや。知らぬが……」

黒沢は、戸惑いを浮かべた。

「何が入っているのでしょう……」

お由衣は、七、八寸程の古い桐箱を見詰めた。

「開けてみるか……」

「はい……」

お由衣は頷いた。

「よし……」

黒沢は、古い桐箱の真田紐を解いて蓋を取った。

古い桐箱の中には、袱紗に包まれた五寸程の金無垢の観音像があった。

「此れは……」

黒沢は眉をひそめた。

お由衣は、短い声をあげて五寸程の金無垢の観音像を見詰めた。

「お由衣、此の観音像……」

黒沢は、お由衣を見詰めた。

「はい。私の家に代々伝わる信玄《しんげん》公拝領の金の観音像。両親が長野監物に騙し討ちに遭って奪われたものに相違ございません」

お由衣は、喜びに声を震わせた。

「そうか。此れが長野監物に騙し取られた金の観音像か……」

黒沢は、金色に輝いている五寸程の観音像を見据えた。

「はい。一体誰が……」

お由衣は困惑した。

「おそらく、長野監物を生きる屍にした物の怪の仕業であろう」

黒沢は読んだ。

「物の怪……」

お由衣は眉をひそめた。

「うむ。物の怪だ……」

黒沢は、左近に感謝をし、小さな笑みを浮かべて頷いた。


江戸川橋は、江戸川と神田上水の二つの流れに架かっている。

江戸川を北に渡ると音羽町であり、その先に神霊山護国寺がある。

音羽の町は、神霊山護国寺の門前町としての賑わいがあった。

左近は塗笠《ぬりがさ》を上げ、音羽町九丁目の料理屋『江戸川』を眺めた。

料理屋『江戸川』は、川風に暖簾を揺らしていた。

不審なところは窺えない……。

左近は見定めた。

「生きる屍だと……」

吉右衛門は眉をひそめた。

「はい。旗本の長野監物、物の怪に取り憑かれて生きる屍になったと、専らの噂だと、盗人忍びたちが……」

旅籠『音羽屋』の女将のおまきは報せた。

「日暮左近を見張らせた忍びはどうした……」

「それが、戻らないのです」

おまきは眉をひそめた。

「戻らない……」

「はい……」

「左近に気が付かれ、消されたか……」

吉右衛門は睨んだ。

「きっと……」

おまきは頷いた。

「ならば、長野監物に取り憑いて生きる屍にした物の怪、日暮左近であろう」

吉右衛門は読んだ。

「やはり……」

「うむ。日暮左近、此処にも眼を光らせているのかもしれぬ……」

吉右衛門は、厳しい面持ちでおまきを見据えた。


左近は、路地伝いに裏の旅籠『音羽屋』に向かった。

料理屋『江戸川』と旅籠『音羽屋』は背中合わせになっており、板塀伝いの路地で行き来していた。だが、板塀の中の庭で行き来が出来る筈だった。

左近は、板塀沿いの路地を進み、旅籠『音羽屋』の表に廻った。


旅籠『音羽屋』は、店の土間や帳場にも人はいなく閑散としていた。

盗人忍びたちは出掛けているのか……。

左近は、旅籠『音羽屋』の店を窺った。

浪人と縞《しま》の半纏を着た男が、旅籠『音羽屋』から出て来た。

盗人忍びだ……。

左近は睨んだ。

浪人と縞の半纏を着た男は、江戸川に架かっている江戸川橋の手前を関口駒井《せきぐちこまい》町《ちよう》に曲がった。

よし……。

左近は追った。

関口駒井町の通りは目白坂《めじろ》となり、雑司ヶ谷鬼子母神《ぞうしがやきしもじん》のある雑司ヶ谷町《ぞうしがやちよう》へと続く。

浪人と縞の半纏の男は、目白坂を過ぎてから旗本屋敷の間の道を南に曲がり、江戸川に架かっている駒塚橋《こまづか》に進んだ。

左近は尾行《つけ》た。

浪人と縞の半纏の男は、駒塚橋の袂を江戸川沿いに進んだ。

何処に行く……。

左近は追った。

浪人と縞の半纏の男は進んだ。

道沿いには、大名家下屋敷の裏の土塀が続き、反対側には緑の田畑が連なっていた。

左近は、微かな違和感を覚えた。

浪人と縞の半纏を着た男が盗人忍びならば、行く手に盗人働きをするような処はないのだ。

ならば、何処に何しに行く……。

左近は読んだ。

ひょっとしたら……。

浪人と縞の半纏の男は、左近を誘い出そうとしている。

左近は睨んだ。

面白い、それなら乗ってやる……。

左近は、浪人と縞の半纏の男の盗人忍びを追った。

大名家下屋敷の裏土塀は続き、田畑の緑は微風に揺れた。

第四章　伊豆谷忍び

一

田畑の緑は風に揺れた。
浪人と縞の半纏を着た男の二人の盗人忍びは、田畑の畦道《あぜみち》を進んだ。
左近は尾行《つけ》た。
畦道の左右の田畑から殺気が湧いた。
読み通りだ……。
左近は苦笑した。
浪人と縞の半纏を着た男が立ち止まり、左近を振り返った。
左近は、構わずに進んだ。

浪人と縞の半纏を着た男は、立ち止まらずに進む左近にたじろいだ。

畦道の左右の田畑から湧いた殺気は一気に膨《ふく》らみ、忍びの者たちが現れて左近に手裏剣を放った。

左近は、畦道から田畑に跳び込み、風に揺れる緑の中に立った。

田畑に潜んでいた忍びの者たちは、忍び刀を抜いて左近を取り囲んだ。

左近は、跳びも、隠れもせずに無明刀を構えた。

無明刀は美しく光り輝いた。

忍びの者たちは包囲を縮め、一斉に左近に斬り掛かった。

左近は、無明刀を縦横に閃かせた。

斬り掛かった忍びの者たちは、次々に田畑の緑に沈んだ。

浪人と縞の半纏を着た男は、後退《あとずさ》りをして身を翻《ひるがえ》した。

刹那《せつな》、左近は棒手裏剣を続けざまに放った。

二本の棒手裏剣は煌めき、浪人と縞の半纏を着た男の首にそれぞれ突き刺さった。

浪人と縞の半纏を着た男は、前のめりに倒れ込んだ。

左近は、無明刀を構えて不敵に笑った。

指笛が甲高く鳴った。

忍びの者たちは一斉に退いた。

緑の田畑の騒《ざわ》めきは消えた。

左近は、忍びの者たちが退いたのを見定め、無明刀を一振りした。

鋒《きっさき》から血が飛んだ。


柳森稲荷には参拝客が出入りしていた。

葦簀掛けの飲み屋の傍の縁台では、二人の人足が安酒を飲んでいた。

嘉平は、飯台の奥に立ち、葦簀越しに柳森稲荷や古着屋、古道具屋、七味唐辛子売りの前を行き交う人を窺《うかが》っていた。

今のところ、伊豆谷忍びと思われる不審な者はいない。

嘉平は見定め、葦簀掛けの飲み屋の裏から出た。

刹那、二つの煌めきが嘉平を襲った。

嘉平は、咄嗟に伏せた。

二つの煌めきは二本の弩《ど》の矢であり、伏せた嘉平の上を飛び抜けて葦簀を破って酒樽に突き刺さって胴震《どうぶる》いした。

縁台にいた二人の人足が気が付き、嘉平の許に駆け付けた。

「来るな……」

嘉平は、伏せたまま叫んだ。

だが、弩の矢が飛来し、一人の人足の左肩に突き刺さった。

人足は、弩の矢の刺さった左肩を押さえて葦簀掛けの飲み屋に倒れ込んだ。

囲んでいた葦簀が崩れ、屋台が横倒しになった。

「くそ……」

嘉平は、弩の矢を射って来る場所を探した。

河原の向こうの神田川には、屋根船《やねぶね》が停められていた。

弩の矢は屋根船から射られた……。

嘉平は見定めた。

「五郎八《ごろはち》、屋根船だ……」

嘉平は、残る人足に報せた。

「心得た……」

五郎八と呼ばれた残る人足は、鋼《はがね》を仕込んだ菅笠《すげがさ》を盾《たて》にして屋根船に走った。

だが、屋根船は岸辺を離れ、神田川を両国に下った。

「おのれ……」

五郎八は、流れに乗って去って行く屋根船を腹立たし気に見送り、嘉平の店に駆け戻った。

「逃げられたか……」

嘉平は、左肩を射られた人足の傷の手当てをしていた。

「ああ。六郎《ろくろう》は大丈夫か……」

五郎八は、左肩に矢を受けた人足の六郎を見た。

「うむ。鏃《やじり》に毒は塗られちゃいない……」

嘉平は、五郎八に六郎の左肩から抜いた血塗《まみ》れの矢を見せた。

「そいつは良かった。な、六郎……」

「ああ。助かったぜ……」

六郎は、息を吐いた。

「それにしても、伊豆谷忍び、神田川から来るとはな……」

嘉平は、悔し気に吐き棄てた。

「どうしたんだい、嘉平さん。大丈夫かい」

古着屋の亭主や参拝客が、心配げに声を掛けて来た。

「ええ。いきなり旋風《つむじかぜ》が吹きやがって、怪我人が出ちまいましたよ」

嘉平は、無残に壊れた葦簀掛けの飲み屋を悔し気に眺めた。

日は暮れた。

柳森稲荷前の空き地は、古着屋、古道具屋、七味唐辛子売りも帰り、閑散としていた。

左近は、辺りの闇に忍んでいる者を捜した。

だが、忍んでいる者はいなかった。

左近は見定め、奥にある葦簀掛けの飲み屋に進んだ。

葦簀掛けの飲み屋は、小さな明かりを灯していた。

嘉平は、屋台を片付けていた。

「遅く迄、精が出るな……」

左近は苦笑した。

「夕方、襲われてな、店を壊された……」

嘉平は、憮然《ぶぜん》とした面持ちで告げた。

「そうか。直《す》ぐに直せる店で良かったな」

左近は笑った。

「甲賀《こうが》忍びの六郎が左肩に弩の矢を受けた」

「命は無事か……」

左近は眉をひそめた。

「ああ。鏃に毒は塗ってなかった」

「そいつは良かった……」

「で、そっちはどうだ……」

「伊豆谷忍びに襲われた」

左近は苦笑した。

「伊豆谷忍びか……」

「ああ。どうやら見張っているかどうか、見定める為に誘《おび》き出されたようだ」

左近は読んだ。

「そして、こっちの命も狙われた」

嘉平は眉をひそめた。

「伊豆谷忍びの吉右衛門、江戸のはぐれ忍びを乗っ取り、支配する企《くわだ》てなのか左近は睨んだ。

「きっとな……」

嘉平は頷いた。

伊豆谷忍びの頭領吉右衛門は、江戸のはぐれ忍びを滅ぼさず、束ねる嘉平と邪魔な左近を殺して乗っ取り、支配する企《たくら》みなのだ。

「だが、そうはさせるか……」

嘉平は、老いた顔に不敵な笑みを浮かべた。

「嘉平の父っつあん……」

「それぞれの事情で抜け忍になり、それ迄の仲間に命を狙われ、必死に切り抜け、漸《ようや》く江戸に落ち着いたはぐれ忍びだ。吉右衛門のような外道《げどう》の思いのままにしてたまるか……」

嘉平は吐き棄てた。

「ならば、吉右衛門を早々に始末するしかあるまい……」

左近は、冷ややかに告げた。

「ああ……」


……」

嘉平は頷いた。

「だが、吉右衛門も同じ事を考えている筈だ。せいぜい気を付けるのだな」

左近は、嘉平を厳しく見据えた。

行燈《あんどん》の火は瞬《またた》いた。

座敷では、吉右衛門と宗平が酒を飲んでいた。

「そうか。嘉平を殺し損ねたか……」

吉右衛門は眉をひそめた。

「はい。だが、勝負はこれから……」

伊豆谷忍びの小頭宗平は、皺だらけの顔に楽しそうな笑みを浮かべた。

「宗平、楽しんでいる時ではない……」

吉右衛門は苦笑した。

「頭領。はぐれ忍びの嘉平、必ず片付けて御覧に入れます」

宗平は告げた。

「殺《や》るか殺られるか。こっちが先に嘉平を殺すか、それとも先に殺されるか……」

吉右衛門は、微かな苛立ちを過ぎらせた。

「日暮左近ですか……」

宗平は、吉右衛門が秘かに日暮左近を恐れているのに気が付いた。

「ああ。最早《もはや》、猶予《ゆうよ》はならぬ。一刻も早く決着をつける」

吉右衛門は、己に言い聞かせるかのように云い放った。

行燈の油が切れたのか、炎は小刻みに瞬いて小さな唸りを鳴らし始めた。


嘉平が斃される前に吉右衛門を斃す……。

左近は、はぐれ忍びの十蔵、五郎八、六郎に嘉平を護《まも》らせ、音羽町に向かった。

音羽町九丁目の料理屋『江戸川』は、女中や下男たちが掃除をしていた。

暖簾を出す迄、未だ刻はある。

よし……。

左近は、掃除をしている奉公人たちの動きを窺い、料理屋『江戸川』に忍び込んだ。

料理屋『江戸川』の店内は、奉公人たちの掃除も終わって閑散としており、仕込みをしている板場だけが活気があった。

左近は、帳場の奥の居間を窺った。

帳場や居間に、主の吉右衛門はいなかった。

左近は、仕事をする女中たちの眼を盗んで奥に進んだ。

連なる座敷は綺麗《きれい》に掃除をされ、不審なところはなかった。

左近は、主の吉右衛門を捜しながら奥に進んだ。だが、吉右衛門は何処にもいなかった。

料理屋『江戸川』から裏の旅籠『音羽屋』には、庭続きに行ける筈だ。

吉右衛門は、旅籠『音羽屋』に行っているのかもしれない。

左近は、庭に向かった。

庭には、母屋《おもや》と渡り廊下で続く離れ家《はなれや》があった。

離れ家……。

吉右衛門は、離れ家にいるのかもしれない。

左近は、庭や離れ家を窺った。

庭や離れ家の周辺には、伊豆谷忍びの気配は窺えなかった。

よし……。
左近は、母屋の縁の下に入って離れ家に近付いた。
その時、離れ家の板戸が開き、粋な形《なり》の年増が出て来た。
左近は、咄嗟に縁の下で己の気配を消した。
粋な形の年増は、渡り廊下の脇の階段を降り、庭の奥に向かった。
音羽屋の女将のおまき……。
左近は、粋な形の年増の素性を読んだ。
おまきは、庭の奥に続く板塀の隅にある木戸から出て行った。
板塀の隅にある木戸が、料理屋『江戸川』と旅籠『音羽屋』を裏で結ぶ出入口なのだ。
左近は見定めた。
おまきの出て行った離れ家には、吉右衛門がいるのか……。
左近は、見定める為に縁の下を出て離れ家に忍び寄った。
刹那、殺気が湧いた。
左近は、咄嗟に渡り廊下の下に入った。
手裏剣が左近のいた処に打ち込まれた。

気が付かれた……。
左近は身構えた。
二人の伊豆谷忍びの者が母屋の屋根から跳び下り、左近に手裏剣を続けざまに投げた。
此れ迄だ……。
左近は、渡り廊下の下を素早く走った。
手裏剣は、渡り廊下を支える並ぶ柱に次々に突き刺さった。
左近は、渡り廊下の下を出て横手の板塀に走った。
二人の伊豆谷忍びは、手裏剣を投げながら左近を追った。
左近は、地を蹴って一気に板塀を跳び越えた。
手裏剣は板塀に突き刺さった。
二人の伊豆谷忍びは、左近を追って板塀を跳び越えた。
二人の伊豆谷忍びは、板塀から路地に跳び下りた。
刹那、板塀の下に忍んでいた左近が無明刀を閃かせた。
二人の伊豆谷忍びは、脇腹や太股から血を飛ばして倒れた。

左近は、素早く路地から走り出て行った。

伊豆谷忍びの吉右衛門は、はぐれ忍びを束ねている嘉平の命を狙っている……。

はぐれ忍びの十蔵、五郎八、六郎は、嘉平に身を隠すように勧めた。

「冗談じゃあねえ。此処《ここ》で逃げ隠れしちゃあ、はぐれ忍びの名が泣くぜ。それに俺が店を閉めて隠れちゃあ、引っ掛かる獲物も集まらないぞ……」

嘉平は、己を餌《えさ》にして伊豆谷忍びを誘き寄せようとしているのだ。

「嘉平さん……」

十蔵は、嘉平の腹の内を知った。

「嘉平さん。気持ちは分かるが、お前さんが殺られたら何にもならないんだ」

五郎八は心配した。

「そうだよ。親父さんが殺られたら、はぐれ忍びはお仕舞いだよ」

六郎は訴えた。

「俺は江戸のはぐれ忍びの頭《かしら》じゃあない。只の世話役、口入屋《くちいれや》だ。俺が消えても、江戸のはぐれ忍びは、お前たちがいる限りなくなりはしない」

嘉平は笑った。

「十蔵、五郎八、六郎。伊豆谷忍びの吉右衛門は、江戸のはぐれ忍びを支配、利用し、江戸の裏渡世《うらとせい》を意のままに操ろうと企てている」

嘉平は読んだ。

「はぐれ忍びを支配、利用する……」

十蔵は眉をひそめた。

「ああ。吉右衛門にそんな真似をさせちゃあならねえ。そうだろう……」

嘉平は、十蔵、五郎八、六郎を見た。

「ええ……」

十蔵、五郎八、六郎は、喉を鳴らして頷いた。

「ま、俺の心配をする暇があるなら、伊豆谷忍びの警戒をするんだ。さあ、持ち場に行きな……」

嘉平は笑った。

十蔵、五郎八、六郎は、葦簀掛けの飲み屋から出て行った。

嘉平は見送り、吐息を洩らした。

「聞かせてもらった……」

「嘉平さん……」

嘉平は、背後からの声に振り返った。

左近が、裏から入って来た。

「お前さんか……」

嘉平は苦笑した。

「ああ。只の世話役、口入屋か……」

左近は笑った。

「で、何か分かったか……」

「料理屋江戸川には離れ家があり、吉右衛門はそこにいるようだ」

左近は告げた。

「江戸川の離れ家か……」

「うむ。だが、小頭の宗平と配下の伊豆谷忍びが、何処に潜んでいるかは未《ま》だだ……」

左近は眉をひそめた。

「そうか。で、どうする……」

「さあて、どうするかな……」

左近は苦笑した。

葦簀越しに見える西の空には、夕陽が赤く映えていた。
日は暮れた。
柳原《やなぎわら》通りを行き交う人は途絶えた。
柳森稲荷前の空き地は暗く、奥にある葦簀掛け飲み屋の明かりが小さく灯されていた。
傍の縁台には客はいなく、葦簀の中には嘉平らしき人影が見えた。
夜の闇の沈むような静寂は、葦簀掛けの飲み屋を飲み込んで行く。
蒼白い月は雲間に隠れた。

二

葦簀掛けの飲み屋は、小さな明かりを灯して夜の闇に沈んでいた。
神田川から櫓《ろ》の軋《きし》みが響いた。
飲み屋の小さな明かりが消え、葦簀越しに見えた人影は闇に覆われた。
柳森稲荷前の空き地は、一瞬にして夜の闇に満ちた。

小さな明かりが消えた……。

出入口の闇を微かに揺らして伊豆谷忍びの者が現れ、空き地の奥を透かし見た。

葦簀掛けの飲み屋が見えた。

人影はいるのか……。

だが、葦簀掛けの飲み屋は暗いだけだった。

伊豆谷忍びは、柳森稲荷とその前の空き地には踏み込まず、柳原通りから出入口を見張っていたのだ。

葦簀掛けの飲み屋は暗く、人影がいるのかいないのかは分からない。

伊豆谷忍びは、懸命に闇を透かし見た。

葦簀掛けの飲み屋の陰から人影が現れた。

嘉平か……。

伊豆谷忍びは、物陰に忍んで人影を見守った。

人影は、闇の中を足早に空き地の出入口に向かって来る。

伊豆谷忍びは、やって来る人影を見守った。

人影は、菅笠を目深に被り、その顔は良く分からなかった。

伊豆谷忍びは焦った。

人影は、柳原通りに出て神田八つ小路に向かった。
その後ろ姿と足取りは、小柄な年寄りの嘉平だと思えた。
どうする……。
伊豆谷忍びは迷った。
追うか、追わないか……。
嘉平なら殺さなければならないが、もし違ったら嘉平の警戒を強めるだけだ。
見定めるしかない……。
伊豆谷忍びは、神田八つ小路に向かう人影を追った。
神田八つ小路は暗く、人気《ひとけ》はなかった。
人影は、神田八つ小路を神田川に架かる昌平橋に向かった。
伊豆谷忍びは尾行《つけ》た。
人影は、何処に行くのだ。
家に帰るのか……。
伊豆谷忍びは、微かな焦りと苛立ちを覚えた。
人影は、昌平橋の上で立ち止まった。

伊豆谷忍びは、昌平橋の袂に忍んだ。
人影は、目深に被っていた菅笠を上げて夜の闇を見廻した。
その顔は嘉平だった。
はぐれ忍びの嘉平……。
伊豆谷忍びは見定め、思わず口元を綻《ほころ》ばせた。
次の瞬間、嘉平は昌平橋から神田川に身を躍らせた。
「あっ……」
伊豆谷忍びは、咄嗟に昌平橋に走った。

昌平橋に佇んでいた嘉平は、神田川に跳んだ。
伊豆谷忍びは、昌平橋の欄干《らんかん》に駆け寄って神田川の流れを覗いた。
神田川は暗いが、その流れは軽やかな音を立てていた。
嘉平はいない……。
伊豆谷忍びは、欄干に足を巻き付けて逆さになり、昌平橋の裏側を覗いた。
昌平橋の裏側には誰もいなかった。
消えた……。

嘉平は、昌平橋から神田川に身を躍らせて消えたのだ。
尾行は露見《ろけん》していた……。
伊豆谷忍びは、周囲の暗がりに嘉平を捜した。
だが、嘉平は何処にもいなく、神田八つ小路は夜の闇と静けさに沈んでいた。
此れ迄か……。
伊豆谷忍びは、周囲に人の忍ぶ気配や殺気を探した。
人の気配も殺気もない……。
伊豆谷忍びは見定め、構えを解いて息を吐いた。
夜は更け、夜の闇は一段と深くなった。
嘉平が姿を消した以上、柳森稲荷の葦簀掛けの飲み屋を見張っても仕方がない。
伊豆谷忍びは、昌平橋を渡って明神下の通りに進んだ。
昌平橋の袂に嘉平が現れ、冷笑を浮かべて見送った。
左近は、明神下の通りを行く伊豆谷忍びの足取りに己の足取りを合わせて尾行た。
伊豆谷忍びの足取りは重く、吐息混じりのものだった。

左近は苦笑し、伊豆谷忍びの重い足取りに合わせて追った。
左近は、嘉平始末の伊豆谷忍びが見張っていると睨んだ。そして、嘉平が誘き出し、左近が尾行る手筈を整えた。

伊豆谷忍びは、明神下の通りから不忍池の畔を抜け、根津権現に向かった。
時々、尾行者を確かめる為、立ち止まって背後を来る足音を探った。
追って来る足音はない……。
伊豆谷忍びは歩き出した。

左近は、再び歩き出した伊豆谷忍びの足取りに合わせて尾行た。
伊豆谷忍びは、根津権現から千駄木に進んだ。
千駄木か……。
もしそうなら、かつて襲った古寺『経命寺』なのかもしれない。
一度襲われた処は二度襲われない……。
伊豆谷忍びの小頭宗平は、一度襲われた経命寺を再び盗人宿にしたのかもしれない。

もし、そうだとしたなら良い度胸だ……。
左近は苦笑した。
伊豆谷忍びは、根津権現から千駄木の田畑の畦道を進んだ。
谷戸川の岸辺には、盗人宿にした古寺『経命寺』を始めとした寺が数軒あった。
伊豆谷忍びは、古寺『経命寺』の傍を抜けて尚も進んだ。
流石に経命寺ではないか……。
左近は苦笑した。
伊豆谷忍びは、経命寺から一丁程離れた処にある古土塀に囲まれた武家屋敷に進んだ。
あの武家屋敷か……。
左近は、田畑の緑の中から眺めた。
伊豆谷忍びは、武家屋敷の潜り戸に入って行った。
左近は見届けた。
武家屋敷はその門構えから見て旗本家のものであり、空き屋敷なのかもしれない。

左近は、旗本屋敷に石を投げ込んだ。

旗本屋敷の古土塀の闇が揺れ、忍びの者が姿を見せた。

伊豆谷忍び……。

旗本屋敷には、伊豆谷忍びの結界が張られていた。

左近は見定めた。

よし……。

旗本屋敷は、伊豆谷忍びの宗平たちの忍び宿なのだ。

左近は、身を翻して来た道を戻った。


葦簀掛けの飲み屋の縁台では、五郎八と六郎が仕事に溢《あぶ》れた日雇い人足を装い、酒を飲みながら見張りに就いていた。

「そうか。宗平たち伊豆谷忍びは、千駄木は経命寺の近くの武家屋敷に潜んでいるか……」

嘉平は眉をひそめた。

「うむ。おそらく何処かの旗本の空き屋敷だろう」

左近は読んだ。

「で、どうする……」

「先ずは吉右衛門の手足の宗平たちを始末する……」

左近は告げた。

「そいつは良いが、相手は大勢だ。一人で大丈夫か……」

「うむ。逃げられると面倒だな」

左近は眉をひそめた。

「父っつあん。酒のお代わりだ……」

五郎八が、空の湯呑茶碗を持って葦簀を潜って来た。

「お代わり……」

嘉平は、緊張を浮かべた。

「ああ……」

五郎八は頷き、葦簀の外を示した。

嘉平と左近は、葦簀の外の古着屋、古道具屋、七味唐辛子売りの客を見た。

老百姓に扮《ふん》した宗平が、古道具屋で狸《たぬき》の置物を手に取って見ていた。

「伊豆谷忍びの宗平……」

左近は見定めた。

「やはり……」

五郎八は、喉を鳴らして頷いた。

「宗平の奴、何しに来た……」

嘉平は眉をひそめた。

「おそらく昨夜の顚末《てんまつ》を聞き、逆を取られて忍び宿を突き止められたと睨んだのだろう」

左近は読んだ。

「狡猾な野郎は、敵の狡猾さにも直ぐ気が付くか……」

嘉平は嘲笑した。

「そんなところだろう」

左近は苦笑した。

「で、襲われる前に先手を打って来たか……」

嘉平は読んだ。

「おそらく……」

左近は頷いた。

「で、どうする」

「決着をつける……」

左近は、不敵に云い放った。


宗平は、焼き物の狸の置物を見廻していた。

「へえ。狸の置物は、商売人が好んでいるのかい……」

宗平は、皺だらけの顔で訊いた。

「ああ。狸は他を抜く他抜きって縁起物《えんぎもの》だからね。うん……」

古道具屋の店主は、もっともらしい顔をして頷いた。

「本当かい……」

宗平は苦笑し、狸の置物を置いて立ち上がった。

「邪魔したね……」

宗平は、葦簀掛けの飲み屋を一瞥《いちべつ》し、小さな笑みを浮かべて出入口に向かった。

縁台から見張っていた六郎が、宗平を追い掛けようとした。

「俺が追う……」

左近が現れ、六郎に囁いて宗平を追った。

六郎は見送った。

「六郎、宗平は海千山千《うみせんやません》、狡猾老練《ろうれん》。お前の勝てる相手じゃあねえ」

嘉平は、六郎の傍らに立って宗平を追った左近を見送った。

伊豆谷忍びの小頭宗平は、神田八つ小路から神田川を渡り、明神下の通りを不忍池に向かった。

左近は尾行た。

宗平は誘っている……。

左近の尾行を許しているというより、案内をしているのだ。

殺し合いの場に……。

宗平は襲われるより、先手を打って勝負を挑んで来たのだ。

左近は、宗平の腹の内を読んだ。

宗平は、不忍池の畔に向かった。

不忍池の雑木林には、幾本かの斜光が埃を巻き込んで差し込んでいた。

宗平は、枯葉を踏んで進み、立ち止まって振り向いた。

左近は、立ち止まった。

「やあ……」

宗平は、左近に笑い掛けた。

「襲われる前に勝負に来たか……」

左近は笑った。

「うむ。忍びらしくない真似だと、笑うなら笑え……」

宗平は苦笑した。

「いや。忍びとて人。意地《いじ》も矜持《きょうじ》もある……」

「日暮左近か……」

宗平は、年寄りらしく曲がっていた腰を伸ばした。

「うむ。伊豆谷忍びの宗平……」

次の瞬間、左近と宗平が互いに大きく跳び退いた。

宗平は、手裏剣を投げた。

左近は、木立に素早く隠れた。

手裏剣は、左近の隠れた木の幹に突き刺さった。

左近は、宗平との間合いを詰めるように走った。

宗平は、忍び鎌を両手に握り、左近に向かって走った。

左近は、無明刀の鯉口《こいぐち》を切った。

刹那、宗平は地を蹴って跳び、両手の忍び鎌で左近に斬り付けた。

左近は、頭上から斬り付ける宗平に無明刀を抜き打ちに放った。

無明刀と忍び鎌の輝きが交錯した。

左近は、宗平に斬り掛かった。

宗平は、木の幹を蹴って大きく反転し、左近の頭上を跳び越えた。

まるで猿だ……。

左近は苦笑し、宗平に迫ろうとした。

だが、左近は咄嗟に止まった。

左近の周囲には、いつの間にか撒き菱が撒かれていたのだ。

宗平は、立ち止まった左近に両手の忍び鎌を投げた。

二つの忍び鎌は回転し、木々の間を大きく左右に迂回して飛び、左近に両側から迫った。

左近は、真上に跳んで躱《かわ》した。

二つの忍び鎌は、左近のいた処で交錯して飛び、宗平の許に戻った。

宗平は、回転しながら戻った二つの忍び鎌を左右の手で握り、着地した左近に跳んだ。
左近は、宙を跳んで忍び鎌で斬り掛かる宗平に無明刀を一閃した。
宗平は、右手の忍び鎌で無明刀を打ち払い、左手の忍び鎌を投げた。
忍び鎌は左近に迫った。
左近は、咄嗟に身を退いた。
忍び鎌は、左近を掠《かす》めて枯葉の積もった地面に突き刺さった。
宗平は、左近の頭上を跳び抜けた。
左近は、宗平を追って跳び、撒き菱の輪から抜け出した。
宗平は振り向き、追って跳んでくる左近に残る忍び鎌を投げた。
忍び鎌は、回転しながら左近に迫った。
左近は跳び下り、無明刀を斬り下げた。
忍び鎌は、刃と柄《え》の間を両断されて枯葉の上に落ちた。
左近は、忍び鎌を失った宗平に斬り付けた。
宗平は、枯葉を巻き上げて左近に放った。
枯葉は、渦を巻いて左近に飛んだ。

左近は、咄嗟に木立に隠れた。

枯葉に仕込まれた無数の針が、小さな音を立てて木立に突き刺さった。

宗平は、忍び刀を抜いて左近に跳び掛かった。

左近は、無明刀を一閃した。

刃は煌めき、嚙み合った。

左近と宗平は、互いに大きく跳び退いた。

宗平は、忍び刀を構えて薄く笑った。

左近は、無明刀を頭上高く構えた。

天衣無縫《てんいむほう》の構えだ。

隙だらけだ……。

宗平は戸惑った。

左近は、静かに眼を瞑《つむ》った。

宗平は、左近の天衣無縫の構えを読んだ。

迫る殺気を真っ向から斬り下げるか……。

そこには、迫る殺気に対する研ぎ澄まされた感覚と、刀を斬り下げる速度が何者にも負けない確《かく》たる自信が潜んでいるのだ。

宗平は読んだ。
ならば、どうする……。
宗平は、己の気配を消し、忍び刀を構えて左近に向かって大きく跳んだ。
殺気は窺えない……。
左近は、殺気が襲い掛かるのを待った。
駆け寄る足音も迫る殺気もない……。
左近は、五感を研ぎ澄ました。
刹那、不意に殺気が溢れた。
左近は、無明刀を斬り下げた。
剣は瞬速《しゅんそく》……。
無明斬刃《むみょうざんじん》……。
左近は、脇腹に痛みを感じて眼を開けた。
宗平の忍び刀が突き出され、左近の脇腹を掠めていた。
「日暮左近……」
宗平は笑った。
その額に血が湧き、皺だらけの顔に流れた。

左近は、宗平が殺気を消し、宙を跳んで突き掛かったのを知った。

宗平は崩れ落ち、息絶えた。

南無阿弥陀仏……。

左近は、伊豆谷の老忍宗平の死を悼《いた》んだ。

風が吹き抜け、木々の梢《こずえ》が鳴った。

三

左近は、はぐれ忍びの六郎を伴って千駄木の奥にある旗本屋敷に来た。

旗本屋敷は、静けさに沈んでいた。

左近は、拳《こぶし》大の石を旗本屋敷の古土塀の内に投げ込んだ。

だが、何の反応もなかった。

「結界は張っていないようですね」

六郎は読んだ。

「うむ。伊豆谷忍び、小頭の宗平の死を知り、逸早《いちはや》く立ち退いたのかもしれぬ」

「確かめてみますか……」

左近は、伊豆谷忍びが旗本屋敷を立ち退いて何処に行ったのか知りたかった。

「うむ……」

左近と六郎は、古土塀を越えて旗本屋敷に入った。

旗本屋敷に伊豆谷忍びは勿論《もちろん》、人のいる気配はなかった。

左近と六郎は、旗本屋敷内を調べた。

旗本屋敷は荒らされていなく、伊豆谷忍びの痕跡は残されていなかった。

「綺麗なものですね……」

六郎は感心した。

「ああ。見事な退《ひ》き際《ぎわ》だ……」

伊豆谷忍びの小頭宗平は、配下の忍びに厳しく云い残して柳森稲荷に来たのだ。

左近は読んだ。

「伊豆谷忍び、伊豆谷に帰ったんですかね」

六郎は、首を捻った。

「それとも、伊豆谷忍びの頭領吉右衛門のいる音羽の料理屋江戸川に行ったのか……」

「音羽ですか……」

「ああ。音羽には盗人忍びの旅籠音羽屋もある。それなりの人数が潜むには困らぬ」

左近は睨んだ。

「じゃあ、音羽に行ってみますか……」

六郎は、意気込んだ。

「よし……」

左近は頷き、六郎を伴って音羽町に向かった。

千駄木から駒込《こまごめ》、大塚《おおつか》を抜けると、神霊山護国寺に出る。そして、護国寺の前に連なる町が音羽町だ。

左近と六郎は、護国寺門前から音羽一丁目に出て、江戸川に向かって進んだ。

音羽二丁目、三丁目と進み、江戸川橋の近くの音羽町九丁目に料理屋『江戸川』と旅籠『音羽屋』はあった。

左近と六郎は、料理屋『江戸川』を眺めた。

料理屋『江戸川』は、木戸門を閉めて暖簾を仕舞っていた。

「店を閉めていますね……」

六郎は眉をひそめた。

「うむ……」

左近は頷いた。

吉右衛門は、宗平の死を知り、配下の伊豆谷忍びを身辺に呼んだのかもしれない。

「ちょいと、忍び込んでみましょうか……」

六郎は、料理屋『江戸川』を眺めた。

「江戸川の中は、伊豆谷忍びで満ち溢れているかもしれぬ。忍び込むのは、そいつを見定めてからだ」

左近は苦笑した。

「はい……」

六郎は頷いた。

「よし。ならば、旅籠の音羽屋だ……」

左近は、料理屋『江戸川』と旅籠『音羽屋』の横手の板塀伝いに路地を進んだ。

旅籠『音羽屋』は、大戸を開けて暖簾を出していた。

左近と六郎は、蕎麦屋の路地から斜向かいにある旅籠『音羽屋』を窺った。

旅籠『音羽屋』では、若い下男が店先の掃除をし、土間の奥の帳場には今迄に見た事もない中年の番頭が座っていた。

伊豆谷忍び……。

左近は、若い下男と中年の番頭は、外を見張る伊豆谷忍びだと睨んだ。

「伊豆谷忍びですか……」

六郎は眉をひそめた。

「ああ。間違いあるまい。よし、六郎……」

左近は、六郎に何事かを囁いた。

六郎は頷き、蕎麦屋の路地奥に入って行った。

左近は見送り、塗笠《ぬりがさ》を目深に被って蕎麦屋の路地を出た。

若い下男は、路地から出て来た左近をちらりと一瞥した。

左近は、塗笠を上げて旅籠『音羽屋』を眺め、嘲りを浮かべて江戸川橋に向かった。

若い下男は、箒を手にしたまま左近を追った。

江戸川橋は神田上水と江戸川に架かっている。
左近は、江戸川橋の袂を西に曲がった。
神田上水沿いには、光明寺《こうみようじ》という寺があった。
左近は、光明寺に進んで山門を潜った。
若い下男は、左近を追って光明寺の山門を潜った。

左近は、光明寺の本堂の横手に曲がって行った。
若い下男は、追って本堂の横手に入り、立ち止まった。
左近が、冷笑を浮かべていた。
若い下男は、慌てて退き返そうとした。
六郎が現れ、行く手を塞《ふさ》いだ。
若い下男は、箒の柄を抜いて構えた。
柄の先から槍《やり》の穂先が飛び出し、鈍色に輝いた。
管槍《くだやり》だった。

「管槍か、やはり伊豆谷忍びだな……」

左近は、管槍を構えた若い下男を見据えた。

若い下男は、六郎に向かって管槍を振るった。

管槍の穂先が煌めいた。

六郎は、管槍の穂先を躱して忍び刀で斬り付けた。

若い下男と六郎は、激しく斬り結んだ。

六郎は押された。

若い下男は、管槍を放って押した。

六郎は、懸命に管槍を躱して横薙ぎの一刀を放った。

若い下男は跳び退いた。

左近が追って現れ、若い下男の鳩尾《みぞおち》に拳を叩き込んだ。

若い下男は、気を失って倒れた。

「六郎、縁の下だ……」

「はい……」

左近と六郎は、気を失った若い下男を本堂の縁の下に素早く引き摺り込んだ。

左近は、若い下男を縁の下の柱に縛り付け、六郎の汲《く》んで来た水を浴びせた。

若い下男は、気を取り戻し、左近と六郎に捕えられたと知り、惨《みじ》めさと悔しさに顔を歪めた。

「伊豆谷忍びか……」

左近は尋ねた。

若い下男は沈黙した。

「千駄木の旗本屋敷にいた伊豆谷忍び、江戸川と音羽屋に移ったのだな」

若い下男は、沈黙を続けた。

「まあ、良い。お前が黙っていても、やがては分かる事だ。ならば、此処で静かに朽《く》ち果ててもらおう」

左近は、竹の猿轡《さるぐつわ》を取り出し、若い下男の口に嚙まそうとした。

「云う通りだ。伊豆谷忍び、江戸川と音羽屋に移った……」

若い下男は、悔しそうに沈黙を破った。

「して、吉右衛門は伊豆谷忍びの配下に何を命じたのだ」

左近は、若い下男を見据えた。

「今夜……」

若い下男は、迷い躊躇《ためら》った。

「今夜、どうした、云え……」

六郎は苛立ち、若い下男の喉元に苦無《くない》を当てた。

「今夜、亥の刻四つ（午後十時）、柳森稲荷のはぐれ忍びに総攻撃を仕掛ける……」

若い下男は、声を震わせた。

「総攻撃だと……」

六郎は眉をひそめた。

「ああ。そして、嘉平という年寄りを捕えて、助けに駆け付けるはぐれ忍びを片付ける……」

若い下男は、吐息混じりに告げた。

「良く話してくれた。礼の印に亥の刻四つ迄眠らせてやろう」

左近は、小さな竹筒に入れた眠り薬を手拭いに染み込ませ、若い下男の顔を覆った。

若い下男は踠《もが》いた。

左近は、構わず手拭いを押し当てた。

若い下男は、眠り込んだ。

「左近さん……」

六郎は、左近の指図を待った。

「六郎、此の事を嘉平の父っつぁんに報せろ」

「は、はい……」

「俺は伊豆谷忍びの頭、吉右衛門を見張る」

左近は告げた。

「心得ました。では……」

六郎は、左近に会釈をして駆け去った。

左近は見送り、若い下男が眠っているのを見定めて本堂の縁の下を出た。


左近は、蕎麦屋の路地に戻り、旅籠『音羽屋』の見張りに再び就いた。

四半刻《しはんとき》（約三十分）が過ぎた。

女将のおまきが、粋な形をして旅籠『音羽屋』から出て来た。

おまき……。

左近は見守った。

おまきは、通りに向かった。
一人か……。
左近は、おまきの周囲に影供《かげとも》の伊豆谷忍びを捜した。
だが、おまきに続く者は現れなかった。
影供はいないのか……。
おまきは、江戸川橋に向かって行く。
おそらく、影供はいる……。
左近は睨んだ。
供も連れずに一人で行くのは、誘っているからなのかもしれない。
それに、若い下男が消えたのも不審に思っている筈だ。
だとしたら、やはり誘いなのだ……。
左近は見定めた。
ならば、乗ってやる……。
左近は、充分な距離を取って尾行を始めた。
おまきは、江戸川橋を渡って関口水道町の通りを真っ直ぐ緑の田畑に向かった。

関口水道町の田畑の緑は風に揺れ、煌めいていた。
おまきは、田畑の畦道を進んだ。
左近は追った。
誘いを掛けているのなら、影供の伊豆谷忍びは既に取り囲んでいる筈だ……。
左近は、己の姿を晒して追った。
おまきは立ち止まった。
左近は、間合いを保って立ち止まった。
腰まで伸びた田畑の緑は、吹き抜ける風に大きく揺れた。
おまきは振り返り、艶然《えんぜん》と微笑んだ。
左近は、微かな戸惑いを覚えた。
刹那、左近を囲む田畑の緑から伊豆谷忍びが現れ、左近に手裏剣を投げた。
左近は、素早く田畑の緑に跳んで沈み、飛来する手裏剣を躱した。
伊豆谷忍びは、手裏剣を投げる構えで田畑の緑から左近が現れるのを待った。
次の瞬間、左近が伊豆谷忍びの背後に現れ、苦無を振るった。
伊豆谷忍びは倒れた。
他の伊豆谷忍びが慌てて手裏剣を投げた。

左近は、田畑の緑に沈んで消えた。
手裏剣は、田畑の緑の上を虚しく飛び抜けた。
左近は、田畑の緑に姿を隠して進み、次々と伊豆谷忍びに襲い掛かって倒した。

伊豆谷忍びの者たちは、緑の田畑から畦道に上がった。
左近は、追って畦道に上がり、無明刀を抜いて伊豆谷忍びの者たちに走った。
伊豆谷忍びの者たちは、慌てて忍び刀を抜いて左近を迎え討とうとした。
左近は、無明刀を閃かせて伊豆谷忍びの者たちの間を駆け抜けた。
伊豆谷忍びの者たちは、血を飛ばして畦道から田畑の緑に倒れ込んで行った。
左近は、畦道を駆け抜けて立ち止まり、振り返った。
畦道に伊豆谷忍びの者はいなく、旅籠『音羽屋』の女将おまきの姿もなかった。
よし、此れ迄だ……。
左近は、無明刀を一振りして鞘に納め、料理屋『江戸川』に向かった。

決着をつける……。
料理屋『江戸川』は、暖簾を出さず、木戸を閉めていた。

左近は、料理屋『江戸川』の前に佇み、店内の様子を窺った。
料理屋『江戸川』の中は、静けさに満ちていた。
左近は、料理屋『江戸川』に殺気を鋭く放った。
料理屋『江戸川』から殺気が揺れて飛び散った。
左近は、地を蹴って料理屋『江戸川』の屋根に跳んだ。

狙うは、伊豆谷忍びの頭領吉右衛門……。
左近は、料理屋『江戸川』の屋根に跳び下りた。
殺気が湧き、周囲に伊豆谷忍びが現れた。
「退け……」
左近は、吉右衛門がいると思われる庭の離れ家に行くつもりだった。
だが、伊豆谷忍びは猛然と左近に襲い掛かった。
左近は、無明刀を抜き、庭に向かって屋根を走った。
無明刀と忍び刀が煌めき、刃が激しく嚙み合った。
左近と伊豆谷忍びは、鋭く斬り結んだ。
火花が飛び散り、焦《こ》げ臭さが漂い、血が舞った。

左近は、伊豆谷忍びを斬り伏せ、屋根を走って庭に跳んだ。

庭には、伊豆谷忍びの者たちが得物《えもの》を手にして待ち構えていた。

左近は、棒手裏剣を続けざまに放った。

二人の伊豆谷忍びが、棒手裏剣を受けて倒れた。

左近は、倒れた二人の伊豆谷忍びの上に跳び下り、行く手を阻む伊豆谷忍びを蹴散らしながら離れ家に走った。

「邪魔するな……」

襲い掛かる伊豆谷忍びを殴り、蹴り、斬り棄てながら……。

四

庭の離れ家は、伊豆谷忍びによって護られていた。

「退け……」

左近は、無明刀を一閃した。

伊豆谷忍びは、左近に向かって忍び刀を構えた。

「小頭の宗平は、伊豆谷忍びの意地と矜持を懸《か》け、単身で勝負を挑み、戦い抜いて笑みを浮かべて散った。配下の忍びを無駄死にさせずにな。それに引き換え……」

左近は、離れ家を眺めて侮《あなど》りを浮かべた。

伊豆谷忍びは、微かに狼狽《うろた》えた。

「惨めなものだ……」

左近は、忍び刀を構えている伊豆谷忍びに哀れみの眼差しを向けた。

「黙れ……」

伊豆谷忍びの一人が苛立った。

「此れ以上、無駄に命を棄てる事もあるまい。伊豆谷忍びの頭領吉右衛門は、俺が斬り棄てる。去る者は去るが良い……」

左近は告げた。

「おのれ……」

苛立った伊豆谷忍びが、猛然と左近に斬り掛かった。

左近は、無明刀を横薙ぎに一閃した。

斬り掛かった伊豆谷忍びは、腕を斬られて忍び刀を落とした。

伊豆谷忍びは、斬られた腕を押さえて退いた。

「もう、奪う命は、己の欲だけで江戸のはぐれ忍びの支配を企む吉右衛門のものだけで充分だ……」

左近は苦笑した。

伊豆谷忍びの一人が立ち去った。

残った伊豆谷忍びたちは、狼狽え困惑した。

二人目の伊豆谷忍びが立ち去った。

「それで良い……」

左近は頷いた。

伊豆谷忍びの者は、次々に立ち去り始めた。

伊豆谷忍びは、数人残った。

残った伊豆谷忍びたちは、離れ家を背にして必死の面持ちで身構えた。

「吉右衛門、お前も伊豆谷忍びの頭領なら護ろうと残った配下の忍びに、此れ以上の無駄死にをさせるな」

左近は、離れ家に告げた。

「黙れ……」

離れ家からくぐもった男の声がした。

「吉右衛門か……」

「伊豆谷忍びは死を恐れぬ。頭領の為に死ぬのは役目……」

吉右衛門の声が響いた。

「姿を隠したまま死を恐れぬと云ってもな……」

左近は冷笑した。

残っていた伊豆谷忍びの一人が立ち去った。

三人が続いた。

残る伊豆谷忍びは四人になった。

「吉右衛門、愚かな頭領の為に死ぬのを覚悟している伊豆谷忍びは四人だ……」

左近は、嘲りを浮かべた。

「四人……」

吉右衛門の声は狼狽えた。

「ああ。此れ迄だ、吉右衛門……」

離れ家の雨戸が開き、面具の半頬《はんぼお》を付けて陣羽織を着た伊豆谷忍びの頭領吉右衛門が現れた。

「吉右衛門か……」

左近は、探る眼を向けた。

「日暮左近……」

吉右衛門は、怒りを過ぎらせた。

「漸《ようや》く姿を見せたか、吉右衛門……」

左近は笑った。

「黙れ。斬れ……」

吉右衛門は、辛うじて残った四人の伊豆谷忍びに命じた。

「やはり、己は隠れるか……」

左近は、鼻の先で笑った。

「黙れ、左近……」

吉右衛門は、怒りを滲ませ、縁側に立ったまま手鉾《てぼこ》を構えた。

縁側の下には、四人の伊豆谷忍びがいた。

「よし。伊豆谷忍びの頭領吉右衛門、日暮左近と忍びの意地と矜持を懸けて勝負をするそうだ……」

左近は、離れ家の縁側の下にいる四人の伊豆谷忍びに告げた。

「退いて貰おうか……」
左近は、四人の伊豆谷忍びに笑い掛けた。
四人の伊豆谷忍びは、左右に身を退いた。
吉右衛門は狼狽えた。
「ならば、見届けてもらおう……」
左近は、四人の伊豆谷忍びの間を進み、吉右衛門のいる縁側に上がった。
吉右衛門は、手鉾を構えた。
左近は、無明刀を構えた。
吉右衛門は、左近に手鉾を唸らせた。
手鉾は煌めいた。
左近は、離れ家の座敷に跳んだ。
吉右衛門は、追って座敷に跳んだ。
吉右衛門の手鉾は、唸りを上げて左近の背に迫った。
左近は、無明刀を横薙ぎに一閃した。
煌めきが交錯し、火花が飛び散った。

左近と吉右衛門は、鋭く斬り結んだ。
吉右衛門は半頬を斬り飛ばされ、素顔を醜く歪めた。
左近は、尚も斬り込んだ。
吉右衛門は、飛び退いて幾つか手裏剣を放った。
左近は、咄嗟に畳を上げて盾にした。
手裏剣は、音を鳴らして次々と畳に突き刺さった。
左近は、畳の陰に身を潜めた。
吉右衛門は、猛然と駆け寄り、手鉾を上段から斬り下げた。
盾にした畳は、両断されて倒れた。
だが、畳を上げた床板が破られ、左近の姿はなかった。
「おのれ……」
吉右衛門は狼狽えた。
刹那、吉右衛門の背後の床の間の床を破って左近が現れた。
吉右衛門は、咄嗟に庭に跳んだ。
左近は、吉右衛門を追った。

左近は、庭に跳び下りた。
吉右衛門は反転し、手鉾を左近に唸らせた。
左近は、無明刀を閃かせた。
手鉾の口金《くちがね》の下の柄が斬られ、刃が煌めきながら飛んだ。
吉右衛門は怯んだ。
左近は、鋭く吉右衛門に斬り掛かった。
吉右衛門は、忍び刀を抜いて斬り結んだ。
左近は押した。
吉右衛門は、大きく跳び退いた。
左近は苦笑し、無明刀を頭上高く構えて眼を閉じた。
全身隙だらけの天衣無縫の構えだ。
吉右衛門は、嘲笑を浮かべて苦無を投げて地を蹴った。
苦無は左近に迫った。
剣は瞬速……。
無明斬刃……。
左近は、眼を閉じたまま無明刀を斬り下げた。

甲高い金属音が鳴り、苦無は弾き飛ばされた。
刹那、吉右衛門は左近に駆け寄って忍び刀を一閃した。
左近は、僅かに身を沈めて無明刀を鋭く突き出した。
刃の輝きが交錯した。
吉右衛門の忍び刀が、左近の顔を掠めた。
左近の無明刀は、吉右衛門の首を貫いた。
吉右衛門は、顔を歪めて凍て付いた。
左近は、無明刀を吉右衛門の首から引き抜いた。
吉右衛門は、首から血を流し、身体を回転させて倒れた。
左近は、倒れた吉右衛門を見据えた。
吉右衛門は、首から血を流し、顔を恐怖に醜く歪めて絶命していた。
左近は、無明刀を一振りした。
無明刀の鋒《きつさき》から血が飛んだ。
左近は、無明刀に拭いを掛けて鞘に納めた。
料理屋『江戸川』の庭は、血の臭いが漂う静寂に満ち溢れた。
左近は、料理屋『江戸川』から立ち退いた。

料理屋『江戸川』の庭には、吉右衛門の死体だけが残された。
牛込水道町幸徳寺の〝物の怪〟騒ぎは、様々な事件を巻き起こした。
盗人忍び……。
碁石金……。
お由衣と目利きの黒沢兵衛の仇討ち……。
伊豆谷忍び吉右衛門によるぐれ忍び支配の企み……。
事件は終わった。
公儀は、料理屋『江戸川』と旅籠『音羽屋』を闕所《けっしょ》とし、取り潰した。
左近の手許には、牛込幸徳寺の墓地から掘り出された十数個の碁石金が残された。
「して、幸徳寺の小坊主の幸念さんは……」
左近は、公事宿『巴屋』主の彦兵衛に尋ねた。
「お医者の話じゃあ、傷は殆《ほとん》ど治り、そろそろ動き始めた方が良いそうですよ」
彦兵衛は告げた。
幸念は、公事宿『巴屋』に引き取られ、おりんやお春の世話を受けていた。

「そりゃあ良かった……」

左近は頷いた。

「はい……」

「して、幸念さんはこれからどうするつもりなのかな」

左近は眉をひそめた。

「それが、幸徳寺に戻って住職の善照さまの菩提《ぼだい》を弔《とむら》いたいと云っていますよ」

彦兵衛は告げた。

「そいつは良い。ならば彦兵衛の旦那、此の碁石金は元々幸徳寺の墓地から掘り出された幸徳寺の物、幸徳寺の復興と幸念さんの為に使うべきでしょう」

左近は、十三個の碁石金の入った革袋を彦兵衛の前に置いた。

「ならば左近さん、幸徳寺の本山や幸念さんと相談してみますよ」

彦兵衛は頷いた。

「お願いします」

左近は、安堵の笑みを浮かべた。

柳森稲荷には参拝客が訪れ、古着屋、古道具屋、七味唐辛子売りの露店には冷やかし客が行き交った。

「そうか、伊豆谷忍びの頭領吉右衛門、滅び去ったか……」

嘉平は頷いた。

「うむ。伊豆谷忍びの配下にも見放されてな」

左近は報せた。

「江戸のはぐれ忍びを腕ずくで支配しようと企てた愚か者だ。配下の忍びに見限られても仕方があるまい……」

嘉平は苦笑した。

「うむ……」

「配下の忍びと云えば、伝内が伊豆谷忍びを抜け、はぐれ忍びに加わりたいと云って来たよ……」

「ほう。伝内がな……」

「うむ。盗人忍びになるよりは良いさ……」

嘉平は頷いた。

八丁堀の流れに月影は揺れた。

左近は、亀島川沿いの道から八丁堀に架かっている稲荷橋に進んだ。
稲荷橋を渡った処に鉄砲洲波除稲荷があり、傍に公事宿『巴屋』の寮がある。
左近は、稲荷橋の途中で立ち止まり、行く手の闇を透かし見た。
行く手の闇は、微かに揺れた。
左近は眉をひそめた。
行く手の揺れた闇から、忍びの者が浮かぶように現れた。
伊豆谷忍び……。
左近は見定めた。
現れた伊豆谷忍びは、頭領吉右衛門と同じように面具の半頰を付けていた。
「何用だ……」
左近は見据えた。
刹那、伊豆谷忍びは手裏剣を放った。
左近は、夜空に跳んで躱し、伊豆谷忍びの背後に降りた。
伊豆谷忍びは、振り返りざまの一刀を放った。
左近は、無明刀を閃かせた。
煌めきが交錯した。

左近と伊豆谷忍びは、鋭く斬り結んだ。

微かな焦げ臭さが鼻を衝《つ》いた。

左近は、咄嗟に跳び退こうとした。

伊豆谷忍びは、左近に抱きついた。

左近は、抱き着く伊豆谷忍びを振り払おうとした。

伊豆谷忍びは、左近に必死に抱きついた。

火薬……。

左近は、火薬の臭いを嗅ぎながら伊豆谷忍びを振り払った。

伊豆谷忍びは、左近に振り切られ、八丁堀と亀島川に合流する処に落ちながら閃光を放った。

左近は、稲荷橋の欄干に駆け寄った。

伊豆谷忍びは、閃光を放って流れに落ちた。

落ちた伊豆谷忍びから覆面と半頬が外れ、長い髪が流れに扇のように広がった。

おまき……。

伊豆谷忍びは、やはり旅籠『音羽屋』の女将のおまきだった。

左近は見定めた。

おまきは、左近を道連れに爆死する覚悟だった。
左近は読んだ。
おまきの死体は、流れに乗って江戸湊《みなと》に進んでいった。
左近は見送った。
おまきは、伊豆谷忍びの恨みを晴らそうとした。
頭領の吉右衛門の為に……。
それとも、虚しく死んでいった伊豆谷忍びの為か……。
左近は、流れ去るおまきの死体を見送った。
おまきは、江戸湊の闇に流れ去った。
微かな虚しさが過《よ》ぎった。
左近は、稲荷橋の袂に佇み、江戸湊の闇の奥を見詰めた。
潮騒は夜空に響き渡った……。

光文社文庫

文庫書下ろし／長編時代小説

碁《ご》石《いし》金《きん》　日《ひ》暮《ぐらし》左《さ》近《こん》事《じ》件《けん》帖《ちょう》

著者　藤《ふじ》井《い》邦《くに》夫《お》

2024年7月20日　初版1刷発行

発行者　三宅貴久
印刷　新藤慶昌堂
製本　フォーネット社

発行所　株式会社　光文社
〒112-8011　東京都文京区音羽1-16-6
電話　(03)5395-8147　編集部
8116　書籍販売部
8125　制作部

ISBN978-4-334-10371-2　Printed in Japan

組版　萩原印刷

藤井邦夫

［好評既刊］

長編時代小説★文庫書下ろし

御刀番 左《ひだり》京之介

㈠御刀番 左京之介 妖刀始末
㈡来《らい》国《くに》俊《とし》
㈢数《じゅ》珠《ず》丸《まる》恒《つね》次《つぐ》
㈣虎《こ》徹《てつ》入道
㈤五郎正宗
㈥備前長《おさ》船《ふね》
㈦九《く》字《じ》兼《かね》定《さだ》
㈧関の孫六
㈨井上真《しん》改《かい》
㈩小《さ》夜《よ》左《さ》文《も》字《じ》
⑪無銘刀

乾蔵人 隠密秘録

㈠彼岸花の女
㈡田沼の置文
㈢隠れ切支丹
㈣河《こう》内《ち》山《やま》異聞
㈤政宗の密書
㈥家光の陰謀
㈦百万石遺聞
㈧忠臣蔵秘説

評定所書役・柊左門 裏仕置

㈠坊主金
㈡鬼夜叉
㈢見殺し
㈣見聞組
㈤始末屋
㈥綱渡り
㈦死に様